JN122250

宮廷のまじない師
秋日の再会に月夜の毒呪

顎木あくみ

ポプラ文庫ピュアフル

目次

人物相関図

朝廷

文成《ぶんせい》

白焔に仕える宦官《かんがん》。童顔で
少年のような見た目をしている。

宋墨徳《そうぼくとく》

白焔の第一の部下。
優秀で、白焔にとって兄の
ような存在。

劉白焔《りゅうはくえん》

絶世の美男子である陵の現皇帝。
女性に触るとじんましんが出る
呪詛をかけられ、
珠華に解呪の依頼をした。

想い合う

幼馴染

張子軌《ちょうしき》

珠華に付いて
宮廷占師を目指す。
前生の記憶があるが、
周囲には隠している。

所属

李珠華《りしゅか》

白髪に赤い瞳から鬼子と呼ばれ
捨てられた過去を持つ。
街のまじない師見習いだったが、
白焔のために宮廷巫女を目指す。

祠部〈王宮での神秘を司る部署〉

羽法順《うほうじゅん》 祠部長官。仙師の称号を持つ、当代一のまじない師。

叔父 甥

羽宝和《うほうか》 祠部の主力である神官。生真面目な性格。

宮廷のまじない師

秋日の再会に月夜の毒呪

顎木あくみ

ポプラ文庫ピュアフル

序　怨恨と謀《たばか》りと

——許さない。

許さない。許さない。許さない。絶対に、許さない。

眼前は白と薄闇に覆われ、大地は冷たい氷と雪に包まれている。

うずくまった身体に、凍てつく風と真っ白な吹雪の細かなつぶてが、絶え間なく、激しく叩きつけてくる。はじめは痛いと感じていた肌もとうに感覚を失い、手足から順に凍えて動かなくなっていく。

けれど、そんなことはどうでもいい。彼の胸の内では怨嗟を帯びた黒い炎が、勢いよく燃え盛っていた。

どろどろとした汚泥のごとく澱《よど》み、穢《けが》れきった油を燃料にして、恨みの色、憎しみの色に染まった炎は、どれだけ身体が凍てつこうとも消えない。

全身が灼《や》けるようだ。寒さなど気にならない。涙も凍った、血も凍った。

融《と》かしてくれる人はもういない。

生まれた瞬間から絶望ばかりだった人生の中で、唯一の希望だった人はもう、いないのだ。

『許さない……』

血の気を失った唇で、彼は呟いた。

殺してやる、とは思わなかった。死など生温い。自分と同じ、生きながらの地獄があの男には相応しい。

報いを受けさせよう。身を引き裂かれる耐え難い苦しみを、味わわせてやる。

夢を見ていたようだ。あれから、いったいどれだけの月日が流れたか。

目覚めたばかりの頭では、夢と現《うつつ》とが曖昧で、すぐにはわからなかった。何度かまばたきを繰り返し、ようやく目の前の光景が『現在』であると認識する。

金慶宮《きんけいきゅう》の、自身の執務室だ。

軽い眠気を感じ、机から長椅子に移って身を横たえ、そのままうたた寝をしてしまったらしい。

こんなところで眠ってしまうとは珍しい。

自覚はなかったけれど、心身は疲れていたのかもしれない。

あの日からひとときの安息も訪れなかった。目的のためならば、寝食を疎《おろそ》かにしても平気だった。

(いささか気が抜けていた)

油断は大敵。経過は良好であるとはいえ、まだ上手くいくと決まったわけではない。

——決して、許さない。

あのときの炎はまだ胸の中にある。これがあるかぎり、繰り返し、悲劇は再上演される。彼の昏《くら》い復讐心のもとに。

胸に影が落ちた。

彼女のいなくなった世界で、自分に喜びをもたらしてくれるものは、もうたった一つしか残っていない。

自分は再び肉体を得たが、彼女にはそれがない。二度と、会えない。

だから仕方なく、残ったたった一つの楽しみを、愉悦を、また味わう。不毛だと知っていても。

一　まじない師は、術を試す

大国として名高い陵国《りょうこく》の都、武陽《ぶよう》の北に築かれた金慶宮。

千年にわたる陵の歴史において、女神である星姫《せいき》の加護のもと、常に中心であり続けたこの皇帝の居城は、今なお国の要として鎮座している。

いくつもの宮殿、建物からなる金慶宮の中央には、政治の中枢たる慈宸殿《じしんでん》がある。

慈宸殿は朝議を行う朝廷の中心部ゆえに、天井から梁、柱の一本まで余すことなく絢爛豪華《けんらんごうか》な装飾が施されており、黒や緑、青、金といった色合いと、龍や獅子、草花を模した紋様が重厚で荘厳な印象を見る者に与える。

現在、その慈宸殿のさらに奥深く——皇帝が政《まつりごと》を行う奥殿にて。

現皇帝、劉白焔《りゅうはくえん》は広い円卓を囲む四人の王、または王の代理人たちを一段高い玉座から一人、静かに見下ろしていた。

「では、昨今の西方諸国の、緊迫した情勢にともない、異国人の流入が増加、我が西領の治安が悪化傾向にある件について、南領に警備を支援していただけるということでよろしいですか」

身分のわりに質素な官服に身を包み、穏やかそうな丸顔をきりり、と引き締めた三十路前後の青年――西の馬王《ばおう》代理、馬《ば》仲元《ちゅうげん》が問う。

すると、彼の隣の席に着く髭面の中年男が大きくうなずいた。南領を治める赤王《せきおう》、赤長芝《せきちょうし》である。

「ウチはかまわんぜ。諸経費は国庫で賄《まかな》ってくれるんだしな」

「我々も問題ない」

長芝に続いて賛同の意を示したのは、この室に入ってきてから眉の一つも動かさない無表情の男、東の雷王《らいおう》、雷守礼《らいしゅれい》。

陵では、国の先導者たる皇帝と四王家による御前会議が定期的に催される。

これは皇帝と官たちが慈宸殿本殿に揃い、開かれる朝議とは別で、いわばその前段階。あらゆる政策について、朝議で官たちに諮《はか》る前に、大まかな方向性を定めるものである。

具体的に言えば、皇帝と、皇帝に次ぐ地位にある四王、またはその代理が各領の状況等の情報を共有、意見や方針を示し、事前に擦り合わせるのが趣旨だ。

通称、五君会議。

この会議で定められたことをもとに、官や国全体が動いていく。

陵に強大な権力を有する宰相《さいしょう》は存在しえない。あらゆる物事は、皇帝と四王が先頭に立って決める。

それが、初代から続く陵の伝統だった。

ちなみに、歴史上で何度か、この政の形が叛意《はんい》ある者に脅《おびや》かされたことがある。けれども、謀反《むほん》によって変えられた政治形態はことごとく長くはもたず、結局は元の形へ自然に戻っていった。

同じく皇族も、何度脅かされようと、最後は劉一族に戻った。

——武陽と金慶宮、劉一族は、星姫娘々《ニャンニャン》に守られている。

陵の民の多くがそう信じるのは、このような歴史的事実があるからだ。加護が実在するからこそ、千年も国家が存続できているのだと。

「私も異論はございません。元より、北はこれから冬ですし、他領の心配をしている場合ではありませんので」

最後に、北の羽王の代理、羽《う》法順《ほうじゅん》が優雅に己の意見を述べる。

西の馬仲元同様、彼自身は王ではないものの、病気がちで自領からほとんど出られない兄王に代わり、会議に出席している。

「しかし」

法順はちらりと、雷王を見遣った。

「話題は変わりますが、先だって、陶家《とうけ》当主が犯した罪と彼の顛末《てんまつ》……守礼殿、あなたは何もおっしゃいませんね。最低限の説明が必要では？」

「………」

口を噤《つぐ》み、表情を動かさない守礼に全員の視線が集まる。

不穏な流れだ。状況を見守っていた白焔は、わずかに眉をひそめた。

陶説《とうせつ》には、違法である禁足地への侵入、禁足地での狩猟、そして禁制品の売買、さらには窃盗の指示を出した疑いがかけられていた。

だが、投獄されてすぐに暗殺されている。

暗殺の犯人はまだ捕まっていない。もしかしたら、陶説が何らかの重大な情報を知っており、その口封じのために殺されたのではないか。事情を知る者の多くは、そう考えていた。

そして当然、東領の貴族の監督責任は、東の王である守礼にある。説明は必須だ。

（羽法順は、ずいぶんと直接的に切り込んだものだが……）

さて、あのいつでも無表情を崩さない守礼がどう答えるか。

「説明？」

守礼は硬く、低い声で問い返した。

「我が領の貴族が不当に命を奪われたのだ。こちらは被害者でありこそすれ、そのような追及を受ける立場にないと思うが？」

守礼のいやに白い肌が、暗がりに、ぼうと浮かんでいるように見える。その鋭いまなざしは冷え冷えとし、冬のよう。

北と冬を司る羽家の法順よりも、守礼のほうがよほど冷たい印象があった。

「何より此度の件、法順殿、貴殿の祠部《しぶ》長官としての監督責任がまったくないと言えるのか？」

「おや、我々祠部が事件解決に動いたのは事実ですが、陶家当主が金慶宮で拘禁されていた間の出来事には、いっさい関与しておりませんよ」

法順は少しも悪びれず、ゆったりとした仕草で肩をすくめてみせる。場に、居心地の悪い微妙な空気が流れた。

手のひらに閉じた扇をぴしり、と打ちつけ、守礼は眉をひそめた。

「そもそも、調査が進み、金慶宮の警備体制には何ら問題なかったことがすでに明らかになっている。それは貴殿も承知しているだろう」

「ええ」

「であれば、陶説暗殺には何か直接的なもの以外の手段が使われた、その可能性も考えるべきではないか」

「たとえば、なんでしょう？」

「白々しい。呪詛《じゆそ》であれば、痕跡を残さず人を手にかけるのも容易《たやす》い。違うか、術者を大勢抱える北領、そして祠部の長たる羽法順殿？」

「おっしゃる通り」

　刺々しい口調で問い詰められた法順は、おもむろにうなずく。

「そう考えるのが妥当でしょう。もしご希望とあれば、術者の関与、呪詛の行使の観点を踏まえた調査は祠部でいたします。が、確実に暗殺犯を見つけられる保証はございません。それでもよろしいですか？」

「そのときは祠部や貴殿の資質と信用が問われるだけだ」

「手厳しい」

　ふふ、と艶然と笑む法順。年齢にそぐわぬ若々しい外見をした彼は、現状を面白がっているようだった。

　それに対し、守礼は白焰のほうをちらりと横目にうかがう。

「陛下、もちろんあなたの皇帝としての適性も」

「……肝に銘じておこう」

白焔はあえて、無難な返事をした。

守礼を筆頭に、東領は基本、白焔が玉座にあることに疑いの目を向けている。白焔の叔父にあたる宋墨徳《そうぼくとく》を玉座に推している、と言い換えてもいい。

東領は他領に比べ、教育や学術研究が盛んだ。ゆえに、彼らは学問を重んじる。

幼い頃から、座学で非常に優秀な成績をおさめてきた墨徳は、そんな東領との縁が深い。

彼が養子に入った宋家も、雷王家と縁のある家だ。

(対して、俺は東領とはとんと縁がない。母も直轄領の貴族だしな)

おまけに、勉学に特別熱心というわけでもなかった。

ひたすら記憶し、たまに何かをひらめく。それだけで周囲は満足した。

記憶力には自信があったが、記憶する作業は楽しいと思えず、たまの、天啓を得たかのようなひらめきや気づきには心躍ったものの、それもそう頻繁にあることではない。

学問のほか、武芸や芸術、さまざまな分野に首を突っ込むほうが、白焔は好きだった。

そういった振る舞いが、東領に白焔への不信感をより抱かせたのだろう。東領や雷王から厭われている。昔から、そうひしひしと感じていた。

「お気楽なものだ」

ぼそり、と呟かれた守礼の言葉が、ぐっさりと白焔に突き刺さる。けれど、表情には出さない。少しばかり、眉が動いたくらいだ。

ここであからさまに態度に出しては、それこそなめられる。

「んだなぁ」

にわかに口を挟んできたのは、赤王、長芝。

「陛下。お気楽といやあ、あんた、皇后はどうするつもりだ？　後宮の解体は進んでいる。先日の件で東領の陶瑛寿《えいじゅ》は東領に戻されることになった。西領の韋《い》秀雪《しゅうせつ》もまた、近いうちに後宮を去る予定になってる。残るは南領の楊梅花《ようばいか》と、あんたのお母君――皇太后様の遠縁にあたる杜《と》香玉《こうぎょく》か。彼女らもいつでも後宮を出る算段がついてるって話じゃねぇか」

「ああ」

「で、誰を皇后に選ぶ？　まさか何も考えていないとは言わねぇよな。それこそ、

『お気楽』になっちまうぞ」

「無論、考えてはいる」

皇后に誰を据えるか。訊かれたとき、白焔の脳裏に浮かぶのはたった一人のみ。世にもまれな白く輝く長い髪と、紅玉のごとく煌めく瞳を持った少女だ。彼女だけを妻にできたらと、ずっと考えている。

しかし、ここで口にするのは早計だ。

言葉を濁した白焔を、王たちは見逃してくれない。

「考えているってのは、なんとなくあんたの中では決まってるってこったな」

「いや」

「あの庶民ならば、皇后にはできないが」

横から唐突に、守礼が言う。白焔は喉に何かが痞《つか》えたような心地になった。

「……」

あの庶民。それが指す人物が、白焔の后にしたい人物とは違うと楽観視できるほど呑気ではない。

守礼の口ぶりからは、白焔を侮っているような響きすら感じられる。

否、不信感を抱いているのは守礼だけではないだろう。

皆、当然、把握しているはずだ。白焔が懇意にしている少女のことは。各々、この話題を出す機会をうかがっていたのかもしれなかった。

――先に釘を刺された。

黙認してくれるほど、四王は甘くない。

「李珠華《りしゆか》。彼女は優秀ですよ」

優雅な仕草で卓に肘をつき、まるで歌を口ずさむように、法順は自身の部下たる少女を評する。王やその代理人たちは素知らぬふりで聞き耳を立てているようだ。

「けれど、あくまでそれは、まじない師としては、あるいは宮廷巫女としては、ですが」

「というと？」

仲元が問い返し、法順は薄《うつす》らと微笑んだ。

「皇后にすると陛下がおっしゃるなら、話は別、ということです」

視線が痛い。

つまるところ、少女を、李珠華を妻にしたいと願う白焔に賛同してくれる者はいないのだ。まあ、当たり前のことが露呈《ろてい》しただけだが。

（もっと根回しをしてから表に出すべき話だったのに）

決して彼らを甘く見ていたわけではないが、こんなにも早く話題にされるとは思わなかった。

しかし、白焔は皆に気づかれないよう、口角をにやり、と吊り上げる。

(上等だ)

悲観などしない。する必要もない。

珠華をすんなり娶《めと》ることができないことなど先刻承知している。そもそも、本人の意思も確認していないのだ。

ならば、白焔はできるかぎり時間を稼ぐのみ。その間に、彼女をその気にさせ、皇后に相応しい存在に仕立て上げればよい。

彼女が本気になれば、難しいことではないだろう。珠華は彼女自身が思うよりずっと、できる人間である。彼女自身の価値を宮廷全体に示す。そうすれば、四王も認めざるをえない。

「そなたら、早合点も甚《はなは》だしいな」

白焔は余裕たっぷりに玉座にふんぞり返り、笑みを浮かべた。

「皇后についてはもちろん考えている。だが、まだ誰とも決めていない。そなたら東西南北の各領との力関係、均衡の問題もある。かといって、我が直轄領から娶るのもよくない。俺自身が生粋《きっすい》の直轄領の人間ゆえな。それはそれで均衡を崩す。たった一人の皇后を決めるのだ、慎重になるのは仕方ないこと。違うか？」

「そりゃ、そうだな」

ふ、と張りつめた空気を緩めるように、半笑いで長芝が言う。

「まだ後宮の廃止を表明してから半年も経ってねぇんだし、すぐに決めろってのは、無理な話か」

「ああ。そう長くかけるつもりもないが、慌てて答えを出すのは避けたい」

「まあ、庶民なら庶民で助かる部分もありますしね。後ろ盾を権力のつり合いがいいように固めれば、どこかの領の貴族の姫君を后に据えるより、むしろ均衡は保たれます。その庶民の女性とやらが、貴族たちと渡り合える前提の話ですが」

仲元が落ち着いた口調で意見を述べた。

この意見に異論のある者はいないようで、沈黙が落ちる。白焔は内心でほくそ笑んだ。

「確かにな。……そういえば、守礼、そなたには娘がいただろう。十六だったか。もしかして、その娘を后にしたいという話か？」

「ご冗談を。四王家から后など出せば、それこそ均衡が崩れる」

白焔の問いに守礼は首を横に振った。

四王家は千年前の盟約によって、劉一族に反旗を翻すことができない。

これは単なる『心がけ』の問題ではなく、事実だ。

大昔、赤王家がそれをしようとして、謎の不幸に立て続けに見舞われ、一族が根絶やしになる寸前まで追い詰められる出来事があった。

病、事故、暗殺、殺し合い。

次々に赤王家に連なる者が不運にも命を落とし、結局、力のない女子どもが数人残るだけになって、謀反は形になる前に頓挫した。

盟約は絶対なのだと証明された瞬間だ。

この陵国は、呪術的にきわめて強力に固められた体系のもとに成り立っている。

よって四王家のどこかが力をつけたとしても、謀反の可能性を考える必要はない。

ただし、どこか一つの家が台頭すれば、他が不満を持つ。四王家ではない貴族たちが徒党を組んで反乱でも起こし、どこか一つの領に攻め入ってきたら、止めるすべはない。

それを避けるため、四王家の権力はなるべく公平にして、協力体制を敷き、かつ、劉一族に権力を集約させすぎないようにする——この国の政治は千年間、そうして運営されてきた。

（たった一人の皇后の座……難しい問題だな）

少なくとも、東領から娶るのはやめておいたほうがいいだろう。

ただでさえ、学問が盛んな領で、官たちも東領と縁のある者が比較的多い。これ以上、東領に権力を持たせるのは良くない。

今のところ、均衡は上手く保たれている。

政治における発言力は東、商業等で羽振りが良いのは西、農業や林業などの生産力は南。北は表立って優れたところはないが、呪術、まじないが盛んであり、武力的にも無視できない。

仲元の言うように、ほどよく収まるよう後ろ盾を用意し、力と無縁な立場の后を立てるのも一つの有効な手だ。

（その線で外堀を埋めるか）

四王家の面々の、珠華に対する感触がつかめたのは僥倖《ぎょうこう》だったかもしれない。

時刻はもうすぐ正午。今頃、彼女も同じ金慶宮の内、祠部で仕事に励んでいるだろうか。

『私だって、好きなのに』

あの夜の、珠華の言葉も、ほのかに色づいた表情も、少し上擦った声色も、丹念に頭に刻んだ。

あれは彼女の本心。

だが、皇后の座に就くことに彼女はうなずかない。恋愛と婚姻は別だ。容姿のせいで差別されてきた彼女は、立場の違いも、思いだけではどうしようもないことも、誰より深く承知している。

身分の差が明確に存在する以上、ただ好き合っているから、では夫婦にはなれない。

脳の奥底で、声がする。

『――。ずっと余のそばにいてくれ。たとえ、たった二人の男女として並び立てなくても』

『はい。わたしは貴方様のおそばで、貴方様を永遠にお支えします』

記憶の断片と、白焔の心とが自然と重なり合う。

白焔は肘掛けに頬杖を突き、軽く目を閉じる。波のようにたくさんの記憶の欠片が寄せては返す中に、身を投じた。

(俺は……違う道を選びたい)

いつものように、自信満々に。虚勢を張ってでも夢を見続ける。迷わずに見続けた夢の先は、現実だ。

我がままを貫き通してこそ、劉白焰なのだ。

＊　＊　＊

めっきりと秋も深まり、遠くのほうからひたひたと、冬の足音が聞こえてくる季節。

窓を開けると、よく晴れた日の昼間でも肌寒さを感じる。

金慶宮内、まじないや祭祀を司る部署である祠部の官衙《かんが》でも、中庭の楓《かえで》の木が真っ赤に色づき、虫の声が軽やかに響いている。

新人の宮廷巫女、李珠華は持っていた筆を硯《すずり》にそっと置いた。

「ふう……少し、休憩しようかしら」

場所は、珠華に割り当てられた机の前。

初めて官衙に足を踏み入れた日から、ひと月が経つ。ここで宮廷巫女の仕事に励むのにもすっかり慣れ、研修期間もあとわずかだ。

「お疲れ様、珠華さん」

「あ、真才《しんさい》さん。お疲れ様です」

祠部に同期で入った、珠華と同じく研修期間中の宮廷神官、徐《じょ》真才に声をかけられて、珠華は笑顔で挨拶を返す。

彼とももう何度も顔を合わせ、こうして声をかけあう程度には仲良くなった。

珠華は、老いてもいないのに真っ白な髪と、血のごとく真っ赤な瞳といった異質な色彩を持つがゆえに、未だに官衙内でも遠巻きにされることが多い。しかし、同期の真才や指導役の羽宝和《うほうか》が気にせず話しかけてくれるため、最近は少しずつ、居心地もよくなってきた。

彼と同期でよかった、と内心で深く感謝している。

ちなみにもう一人、同期で貴族出身の男がいるが、彼は官衙の中でとんと姿を見かけない。

噂によれば、大変厳しい修業を課され、あまり自由に出歩ける状況にないと聞くが、本当のところがどうなのか、興味もないのでよくは知らない。

「護符作りですか？」

真才が珠華の手元をのぞき込みながら言う。

短冊型の黄色い紙に、朱墨で、文字のような模様のような独特の線をみっしりと書き込んで護符を作る。燕雲《えんうん》のまじない屋で見習いまじない師をしていた頃と、やることはたいして変わらない。

「ええ。手持ちが心許《こころもと》なくなってきたので、手も空いたところだったし、作っておこうと思いまして」

「ああ、それはいいですね。僕も暇を見つけて作っておかないと」

「こういうの、気づくとなくなっているんですよね」

「本当に。しかも僕、情けないことに……護符作りはあまり得意ではなくて、時間がかかってしまうんですよ。空いた時間に少しずつでも作業をしないと、あっという間に手持ちがなくなってしまう」

がっくりと肩を落とす真才に、珠華は苦笑いする。

どうも彼は集中力が続かないらしく、研修でもその点を改善するよう言われているのだと、前に聞いていた。

護符を作るには、ただ紙に書きこむだけではいけない。

集中して〝気〟を練り、朱墨で描く紋様の一筆一筆にその〝気〟を込めていかねばならない。

気が散ってしまうと、そのたびにやり直しになりかねなかった。

「お互い、大変ですね」

珠華が言うと、真才は深く、何度も首肯する。

「ええ、ですね。珠華さんはもうすぐ研修も終わって、正式な宮廷巫女として働くことになるんですよね？」

「はい」

「頑張りましょう」

「ええ、頑張りましょう」

では、と軽く会釈《えしゃく》をして去っていく真才の後ろ姿を見送る。室内は、珠華だけになった。

息を吐き、窓の外を見遣る。

午後の明るい日の光が差し込んでいるが、空は薄い雲が広がって、やや曇りぎみだ。けれど、わずかにのぞく晴れ間はひどく鮮やかな青。秋の空である。

ひと月の研修期間は、振り返ってみると慌ただしく、瞬く間に過ぎていった。

祠部に入った当初から、陶家と猩猩《しょうじょう》をめぐる事件の担当となり、宝和と衝突しつつも、どうにか解決した。が、そのあとも落ち着いて仕事をする、なんてことにはならず。

宝和にしごかれながら、貴族や官吏たちの依頼で妖怪を駆逐したり、祈禱を行ったりと、あちこち駆けずり回った。

研修期間ということで、首都であるこの武陽から出ずに済んだのがせめてもの救いだ。

依頼を完遂すれば、今度は報告書と活動記録を作成しなければならない。

まじない屋で長く働いてきた珠華にとって、依頼自体はさほど苦にならないが、慣れない書類作成にはなかなか手こずった。

と、公的な面の忙しさもあり、その一方で。

仕事よりも何よりも、私的な面での心労が度を越していた。

(どうしてあのときあんなこと言っちゃったのよ、私ー!!)

もう何度目とも知れない、後悔の叫びを心の中で上げ、珠華は机の上で頭を抱える。

白焔と四阿《あずまや》で二人きりで会い、勢いあまって珠華が口を滑らせた夜。あの夜に戻れたなら、どんなによかったか。

(時間を戻したい……戻ってほしい……戻って、戻れ!)

いかに強く念じようと、都合よく時が巻き戻るはずもない。

けれど、もしあの夜に戻れるのなら、珠華は絶対にあんなことは言わない。

――白焔に対して、『好き』だなんて言葉は。

口にしてすぐは、白焰への苛立ちと憤慨で、言ってしまえば珠華は興奮状態にあった。よって、後悔も強くなかった。

しかし、時間が経つにつれて次第に冷静になり、同時に、白焰から結婚を迫られるようになった。すると、勢いであんなことを言わなければよかった、という思いがどんどん膨らんでいく。

『珠華。俺の后になってくれ』

仕事で金慶宮にいる間、毎日のように白焰が出没し、求婚してくる。

時には門前で、時には馬車の待機所で、時には官衙内で。

珠華が一人になったときや、事情を知る子軌《しき》だけが一緒にいるときを見計らって、白焰は現れ、真っ直ぐに告白してくるのだ。まるで、何か、箍《たが》が外れたかのように。

されども、である。

いくら求婚されたとて、珠華はそれに応える気がない。

(だって、無理よ)

身分不相応は当然のこと、この外見はそう易々と受け入れられるものではない。

また、先日の猩猩の件でも、己に政治的な考えや動きをする力量が足りないのを思い知らされた。

一介の宮廷巫女としても苦労しているのだから、皇后などとても務まらない。

そもそも、白焔と結婚したいと願って口にした言葉でもないのだから。

(私は、誰かと人生をともにする未来を、想像すらしていないもの)

珠華とともに生きる人は、珠華と同等の苦しみを味わうかもしれない。見た目で嫌悪され、罵倒され、迫害される——そんな苦しみを。

師である燕雲のまじない屋の近所の者たちは、だいたい皆、普通に接してくれた。それは、燕雲への信頼があり、その燕雲が珠華を赤子の頃から育て、周囲に馴染ませてくれたからだ。

ひとたびまじない屋を離れたら、そうはいかない。

この祠部に未だに馴染みきれないのが、いい例だ。

ましてや、さらに大勢の人々とかかわらなければならない皇后など、もってのほかである。

珠華が皇后になどなったら最後、白焔の足を引っ張ることにしかならない。

白焔とは別に、夫婦《めおと》になれなくていいのだ。珠華はただ、まじない師として彼を支え、彼に好意を寄せているだけで満足だった。

だというのに、白焔は求婚をやめない。

（白焔様のばか。わからずや。自信満々男）

机に突っ伏して、悪態をつく。

距離を、置いたほうがいいのだろうか。

近くにいれば、白焔はずっと珠華を気にかける。それがもし噂として広まってしまったら、庶民の女を追いかける堕落した皇帝だと、いたずらに彼の評判を下げることになりかねない。

白焔だって、そんなことは理解しているはずなのに。

「研修期間が終わったら、きっと武陽の外での依頼を受けることになるわよね。そうすれば少しは――」

「そう上手くいくかなぁ」

背後から声がする。顔を見なくても、珠華には誰だかすぐにわかった。

「……子軌、また遊び歩いてるの？」

「失礼な。俺だって真面目に課題に取り組んでるよ」

ゆっくりと上体を起こし、振り返ると、むっと唇を尖らせてむくれた幼馴染の張《ちょう》子軌が立っている。

女性に好まれる甘く整った彼の容貌は、不機嫌そうにしていても可愛らしく見えるから得だ。

「本当にぃ？　怪しいわね」

「本当だっての！　それより珠華、相変わらず眉間にしわ寄ってんね～。やっぱ、あの無敵陛下のせい？」

「……わかってるなら、訊かないで」

皇帝陛下に求婚されて困っている、なんて愚痴を言える相手は限られる。その点、少し癪《しゃく》ではあるものの、子軌はすべてを承知しているので気が楽だ。

子軌は、ふ、と息を吐いて肩をすくめ、後ろの壁に寄りかかって腕を組む。

「断ってはいるんだろ？　求婚」

「うん」

「じゃあさ、俺と結婚する？」

「はい!?」

思わず目を剥いて、珠華は声を上げた。

「だって、さすがの無敵陛下も人妻を皇后にはできないでしょ」

ついに頭がおかしくなってしまったかと、子軌の顔をまじまじ見つめるが、本人はなぜか神妙な面持ちで『名案だ』とでも言いたげにうなずいている。

「……あなた、本気で言ってる?」

なんとなく怖くなってきて、珠華はおそるおそる訊ねた。

確かに、子軌の言うとおり、いくら皇帝でも他人の妻になった女を皇后に据えるのはほぼ無理だろう。

だが、まさか子軌がそんな提案をするとは。

珠華と子軌は近所で育ち、小さい頃から一緒だったため、近所の大人からは『将来、夫婦になればいい』と幾度となく言われてきた。

しかし、珠華にとって子軌はいつまでも、どこまでも、幼馴染であり、親友でしかない。恋愛の対象としては、まったく見たことがないのだ。

それは子軌がとんでもないろくでなしだからでもあるし、小さい頃から知りすぎて、今さらときめいたりできないからでもある。

てっきり、子軌にとっての珠華もそういう存在だと思っていた。

子軌は珠華の問いに目を瞬《しばた》かせ、へら、と表情を緩めた。

「珠華がそうしたいって言えば、俺はそうしてもいいと思ってるよ」

「何よそれ。あなたの意思はどうなるの? あなただって、できれば好きな子と結婚したいでしょう」

「別に。俺は好きな子なんていないから、いいの」

「今まで街を一緒に歩いていた女の子は全員、行きずりの相手で、本気じゃなかったってこと？」

「まあ……そうなるかも？」

「…………」

ははは、と笑う子軌へ、珠華は冷たい視線を突き刺す。

やはり、ろくでなしではないか。宮廷占師を目指し、金慶宮に通うようになって、珠華を助けてくれたり、真面目に自分の意見を述べたりするので、多少見直していたのに。

子軌の、こういうのらりくらりとした、いい加減なところが苦手だ。

「あなたねぇ」

「そんなに怒るなよ。半分は冗談だって」

「……半分？」

「もちろん、無理にとは言わないし、珠華の自由だよ」

「私、あなたとは結婚しないわよ」

珠華はきっぱりと幼馴染からの申し出を突っぱねる。

迷いは少しもない。子軌はどうしたって大切な幼馴染で、家族同然の存在で、それ以上にもそれ以下にもならない。

目を逸らした珠華に、子軌はわずかな笑みを漏らす。

「だったら、珠華の中では陛下と結婚するか、誰とも結婚しないかの二択ってこと？」

「……白焔様とも結婚しないわ。私は一生、宮廷巫女として生きていく」

白焔を支えられるなら宮廷巫女でなくても構わないのだが、あいにく、珠華にはまじないしかない。

珠華はまじないが好きだ。

まじないしかなくても微塵《みじん》も困らないし、不満はない。この腕があれば、一人でも生きていける。

「研修期間も終わって、ようやく正式に宮廷巫女として働けるのよ、恋愛や結婚にかまけている暇はないの。子軌、あなたもきちんと宮廷占師になれるように頑張ったほうがいいわ」

「はいはい」

「まったく、あなたは……」

「あーあー、聞こえない」

珠華が呆れて半眼になると、子軌は、お小言は勘弁、と言わんばかりに大袈裟に自分の両耳を塞いだ。

今日の官衙は、閑散《かんさん》としていた。室内には珠華と子軌しかおらず、たくさんの書物が積まれた他の者の机はひっそりとそこにあるだけ。

廊下はたまに人が通りかかるのか、話し声が小さく聞こえて、すぐに遠ざかっていく。

無論、他の人がいたなら、白焰からの求婚の話などとてもできないのだが。

急な来客があったのは、そんなときだった。

珠華たちの会話が途切れたのを見計らったかのように、ふ、と〝気〟の流れが揺らぐ。

(この揺らぎは……)

覚えのある気配に振り向くと、やはり見慣れた半透明の青年が壁をすり抜け、室内に入ってきた。

〈余が来てやったぞ、若者たち〉

現皇帝である劉白焰とよく似た、きわめて美しい整った面差し。しかし、服装は現在のものよりも形が古く、雰囲気がわずかに白焔とは異なっている。

自信に満ち溢れているのも共通しているが、こちらの彼のほうがはるかに長い年月を感じさせた。

陵国の初代皇帝、劉天淵《てんえん》。……と思われる幽鬼《ゆうき》の天淵である。

「ああ、天淵さん」

珠華は親しい間柄の者に話しかけるように、天淵に声をかけた。

最初の頃は本物の陵の太祖《たいそ》である可能性を考えて、珠華も『天淵様』と呼んでいたが、本人の希望で少し前から気軽に『天淵さん』と呼んでいる。

どうやら珠華にはよくわからない、本人のこだわりがあるようだ。

〈珠華〉

「今日はどうされたんです？」

天淵が何やらあらたまった面持ちで向き直るので、珠華もなんとなく居住まいを正して問う。

子軌も珠華の隣で小首を傾《かし》げつつ、微妙に背筋を伸ばした。

〈宮廷巫女の研修期間が終わるそうだな。おめでとう〉

「ありがとうございます」

〈……して、余の記憶は見つかりそうか？〉

天淵の口調はやけに静かだった。けれど、珠華はぎくり、と全身が強張る。

（ついに来たわね）

決して、決して、忘れていたわけではない。

今年の夏、南領の栄安市《えいあんし》にある墓陵にて、珠華たちは天淵と出会った。

しかし、幽鬼である彼には、生前の記憶がいっさいなかった。

その後、南領での事件を解決し、武陽に戻った珠華に彼は『失った記憶を捜してほしい』と依頼してきたのだ。

とはいえ、千年も前の記憶、記録、歴史――どれも在処を、そのきっかけさえ見つけるのは容易ではない。

ゆえに、ついつい珠華も後回しにしていた。

なんとなく気まずくなりつつも、珠華は確認のために天淵に訊ねる。

「金慶宮では、記憶の糸口は見つかりませんでしたか」

〈ああ。欠片も思い出せない〉

天淵はやれやれと首を左右に振った。

金慶宮は、他ならぬ劉天淵のために千年前に建てられた宮城だ。たびたび補修や改修をしてはいるものの、施設や調度など千年間、残っているものもあるため、記憶を取り戻す手がかりがあるかもしれない。それが、珠華や白焔の見解だった。

だが、そう上手くはいかないらしい。

(夏以来、白焔様にとり憑いて金慶宮を探索していたけど……すんなり見つかったりはしなかったのね、やっぱり)

一応、一般的な歴史書の類《たぐい》を天淵に読ませたりもしたが、よい結果には繋がらなかった。

「けど、それじゃあ珠華もお手上げなんじゃないの？　千年前じゃ、知り合いに会わせるっていうのも無理な話でしょ」

子軌が述べたのはもっともな意見だったが、珠華は否定する。

「いいえ。知り合いには最初にもう会っているのよ。栄安市で、七宝将《しちほうしょう》の銀玉《ぎんぎょく》にね。でも天淵さんはまったく反応を示さなかった。つまり、記憶がよみがえる兆候はなかったと……そうなりますよね？」

〈そうだな〉

七宝将は千年前に劉天淵、星姫、四臣とともに戦い、陵を興した七人の将だ。当然、知り合いに違いない。

けれども、残念ながら、顔を合わせても天淵には何も起こらなかった。

「ああ……そうだったっけ」

む、と眉間にしわを寄せて、子軌は天を仰ぐ。

〈ということは完全に八方塞がり、余が記憶を取り戻し、輪廻《りんね》に還るすべはないのか？〉

さして落胆しているふうでもなさそうだが、天淵の声にはどことなく途方に暮れた響きが混じる。

珠華はぐっと拳を握りしめた。

依頼者をがっかりさせることは、まじない師、否、いかなる職業に就いている者でもしてはならない。

客の依頼に力を尽くして応えてこその、玄人《くろうと》だ。

「――一つ、試してみたい方法があるわ」

実はあれこれと思案してみて、これならば、という手段を一つだけではあるものの、思いついていた。

人差し指を立て、真剣な顔で切り出した珠華に、天淵と子軌の視線が集中する。

〈それは？〉

「とある術を使います。魂に働きかけ、失くした記憶を呼び起こす術です」

〈な、そのようなあつらえ向きの術があるのか!?〉

「まさかのご都合主義!?」

珠華は子軌の失礼な物言いを聞き、唇の端を引きつらせた。

「うるさいわね! 都合よく術が生えるわけないでしょ。もちろん、使うには条件があるのよ」

〈条件?〉

「条件?」

咳払いを一つする。

もったいぶっているわけではないけれど、これは真面目な話である。特に天淵は当事者なのだから、きちんと落ち着いて提案しなければ。

「ええ。私はその術の詳しい使い方を知らないの」

〈は?〉

悪意はないのだろう。だが、天淵に訝しげな表情をされると、心苦しい。

ただし、これは別に珠華の勉強不足であるとか、そういうことではないのだ。おそらく師の燕雲に訊いても、詳細は教えてもらえないはずである。なにせ。

「ものすごく、ものすごーく、影の薄いというか、人に知られていない、本当に術に詳しい一部の人が覚えているかどうかってくらいのまじないなのよ。だって、使う機会があまりないんだもの。わかるでしょ」

「まあ、確かに」

子軌は顎に手をやり、うなずく。

魂に働きかけて忘れてしまった物事を思い出す術。そんなものは、使いどころがひどく限られる。

失せ物捜しなら専用の術が別にあるし、占いでもいい。日常でよくある『あれってなんだっけ？』という程度で、わざわざ術を使おうとする者はいない。

今の天淵と同じく、記憶喪失になった人間がいれば使えるかもしれないが、そうそう現れるものでもないだろう。

ようは、発明されたものの、使う機会が少なすぎて皆に忘れ去られている術、というわけだ。

「私も術そのものの使い方を知っているわけじゃなくて、そういう術があるらしいっていうのを文献でちらっと見かけただけなのよ」

〈では、使い方を調べるところから始めなければならないのか？　途方もないな〉

「いえ」

それについても、いくらか見当はつけている。

「この祠部の書庫に、その術について記された文献が収められています」

祠部の書庫は、まじない、術に関する古今東西のあらゆる資料や書物を所蔵している。術者の端くれであれば、人生で一度は見ておきたい場所だ。

ところが、書庫は祠部に所属する者しか入室、閲覧が許されていない。

たとえ研修期間の宮廷巫女であろうとも、正式に採用されるまでは特別な許可なく利用はできない決まりである。

というわけで。

「ちょうどよかったですね、天淵さん。私、昨日のうちに書庫内の資料の閲覧許可を長官にもらってきているので、これから書庫に行きましょう」

〈おおっ！〉

思わず、したり顔になってしまう。

これについては、間がよかった。昨日、祠部の長たる羽法順にかけあって書庫の利用を許可してもらったばかりである。

もうすぐ研修期間も終わる。正式に宮廷巫女になってしまえば書庫は使い放題だが、正式採用の後しばらくはかなり忙しいと聞いた。

そこで、早めに許可をもらい、まだ研修期間で、多少、時間に余裕があるうちに少し書庫の様子を見ておこうと思っていたのだ。

同時に、天淵の記憶をよみがえらせる術についても調べるつもりだった。

法順も、研修期間もほとんど終わりだからと、快く許可を出してくれた。

〈いいのか？〉

「はい。今日はこのあと、特に予定もありませんし。たぶん、もうすぐ研修期間の締めくくりになる大仕事を言いつけられるはずなので、その前にちゃちゃちゃっと試してみるのがいいと思います」

〈あ、ああ……ちゃちゃちゃっと……な、ちゃちゃちゃっと……〉

軽く言った珠華に、なぜか引いた態度をとる天淵。子軌は一人で忍び笑いをしている。解せない。

珠華と子軌、天淵は連れ立って書庫に向かう。

天淵は幽鬼ゆえ、下手に他の祠部の者に見つかったら、騒ぎになる。よって、彼には身を隠してもらい、さらに珠華の術で気配を消している。

幸い、人が出払っているのかすれ違う人も多くなく、何事もなく書庫にたどり着くことができた。

書庫の、表面が擦れ、日に焼けた木製の両開き戸は閂《かんぬき》で閉じられて、施錠されている。細かな傷がたくさんついた錠を手にとると、珠華は懐《ふところ》に入れていた鍵を差し込んで開錠した。

重い閂を抜き、扉を開く。

窓の閉じられた、薄暗い書庫に空気が流れ、細かな埃《ほこり》が一気に舞う。それとともに、古い紙と黴《かび》の混ざったような匂いが鼻をついた。

積み重ねられた歴史の香りだ。古い書物が放つ独特のそれに、好奇心をくすぐられた。

(うっかりしていると、本来の目的を忘れてしまいそうね)

書庫内を見回すだけで興味が際限なくそそられてしまうが、今回の目的は天淵のために術を探すこと。個人的な用件は後回しだ。

「二人とも、『東広河呪録』っていう本を探してくれる？　それに載っているはずだから」

東広河は北領から東領にかけて実際に存在する川だ。そのほとりに昔、小さな村があった。その村には、さまざまなまじないを発明したまじない師が暮らしていたという。

彼が残したとされるまじないの記録、それが『東広河呪録』である。

だが、この書物に載っているのは実用性のない術ばかりであり、術者たちの間であまり流行らなかった。ゆえに流通している写本もごくわずかで、手に入りにくい。

珠華は書庫に収蔵されている資料の目録を先に確認し、『東広河呪録』も収められていることを確認済みだ。

「『東広河呪録』ね。了解」

〈余も見てみよう〉

三人で手分けをし、無数の書物が並ぶ棚を順番に、隈《くま》なく確認していく。冊子や巻物を一つ一つ取り出しては題を見て、また棚に戻す。

大まかな年代順に分けられているため、ある程度の範囲は絞れるものの、あとは地道に目で探していくしかない。

どのくらい経ったか、開けた窓から差し込む太陽の光が、橙《だいだい》に染まり始めた頃。

「あった！　珠華、これじゃないか？」

三者三様に黙々と作業を進める中、声を上げたのは子軌だった。

珠華が慌てて駆け寄り、子軌の掲げる巻物をあらためると、冒頭に、確かに『東広河呪録』と記されていた。

「これよ！　ありがとう、子軌」

「どういたしまして」

おのずと、ぱっと満面の笑みがこぼれる。すると、子軌もうれしそうに目を細めた。

〈その巻物があれば、余の記憶がよみがえるのか？〉

問うてきた天淵に、珠華は顔を引き締めて視線を返す。

「成功率は高くないと思うので、あまり期待せずに、試してみるくらいの気持ちでいてください」

〈そうか。……まあ、よかろう。急ぐことでもない〉

魂に働きかけるとはいうが、そもそも魂とは〝気〟の塊《かたまり》だ。

その在り方は本来ふわふわとして取り留めがなく、不安定であり、肉体という器に閉じ込めることでようやく確固たる形を得る。

幽鬼はすでに肉体を失い、魂が剝き出しになった状態だ。肉体があったときの名残で形を保っているに過ぎず、肉体を持っていた生前よりも魂は不安定になっている。

不安定な存在に術を使っても、期待した結果が得られる可能性は低い。

何度か繰り返し試せば可能性を上げることはできるかもしれないが、それも定かではない。

「ええ。ただ自然と記憶が戻るのを待つよりは、試してみたほうがいいでしょう」

〈ああ、その通りだ〉

天淵がしっかりとうなずく。珠華もうなずき返し、さっそく巻物を広げた。

中には手書きでずらりと、さまざまな術の概要が書き込まれている。

いつもより一刻早く起きられる術、苦手な食べ物が好きな食べ物の味に感じられる術、家畜の毛並みを整える術、散らかった枯れ葉を集めやすくする術、雨の音が小さくなる術……等々。

前評判のとおり、日常で使えそうで使わなそうな、今一つ微妙な術だ。

とはいえ、どのような仕組みで成っている術なのか、理論には興味がある。珠華は止まりそうになる手を意識して動かし、目的の術を探した。

「これね」

ようやく、目当ての術にたどり着く。

術の名前は『忘れたものやことを思い出す術』。なんとなく頼りなさそうな名前ではあるが、間違いないだろう。

「必要な材料は……あまり多くないわね。それに、揃えるのが難しいものもないし、すぐにでもできそうかしら」

術の解説を目で追いつつ、つぶやく。

全体として、ややこしい点はない。術の成功率は七割、使う相手が幽鬼となるとさらに下がるのでだいたい四割ほどと想定しておくべきだが、気軽に試せる難易度だ。

「だったら、今からやってみる？」

「そうね。天淵さんも、大丈夫ですか？」

〈余はいつでもかまわない〉

「わかりました。夜遅くなる前には準備が済むから、さっそくやってみましょうか」

珠華は子軌の提案に乗り、天淵の意思を確かめると、ただちに術の準備を始めることにした。

「浄めた水と、塩、それから、対象者の〝気〟をまとわせた護符に、術者である私の血を一滴……」

「珠華～、塩持ってきた。厨房にあったやつだけど、これでいいか？」

「ええ。いいわよ。じゃ、この小皿に盛ってくれる？」

「了解」

子軌が小さな壺に入っている塩を、術に使うために用意した皿に少しずつ流し入れる。その間に、今度は天淵が声をかけてきた。

〈珠華、護符に〝気〟を込めろということだけれど、こうか?〉

「はい。それでいいですよ。十分です」

珠華はほのかに天淵の〝気〟をまとった護符を、そっと台の上に置く。そして、針で自分の指の腹を刺して、その横にあった空の小皿に血を一滴落とした。

浄めた水はすでに準備済み、塩は子軌が支度してくれたものを並べる。

これで必要なものはすべてだ。

「では、天淵さん。始めますけど、いいですか?」

〈ああ、やってくれ〉

珠華は両の瞼《まぶた》を閉じた。〝気〟の流れを意識し、己の〝気〟でその流れをだんだんと支配下に入れていく。

風が吹くように〝気〟の流れが大きく、激しくなり、空気を揺るがし始める。光が煌めくように、火が爆《は》ぜるように、ちりちりと肌に細かな刺激が当たってはじける感覚がする。

ゆっくりと、ゆっくりと〝気〟が渦巻き高まり、そうして珠華はおもむろに唇を震わせて呪を唱えた。

「──我が謹んでお願い申し上げる。この者の失せし念、正しき在処へ戻したまえ。急急如律令《きゆうきゆうによりつりよう》」

唱え終わった瞬間、流れがぐ、と止まる。

渦巻いていた〝気〟が逆に回り始めて、天淵を中心に一気に凝縮していく。そのまま集まって、集まって、縮まって、天淵を包み込んだ。

手ごたえはあった。上手くいった……気がする。

珠華と子軌が固唾《かたず》を呑んで見守る中、天淵の半透明の身体が刹那《せつな》、はっきりと色を取り戻したように鮮明になった。が、集まった〝気〟が収束し、今度は外側へと流れだして、天淵の気配が平常に戻ると、彼は首を傾げた。

〈うーん?〉

両手を握ったり開いたりし、自分の背中や腹を叩く天淵。次いで、沈黙。

珠華の胸の内に嫌な予感が漂いだす。

「……天淵さん。記憶は?」

〈いや、何も思い出せぬな〉

やっぱり、と珠華は思いきり肩を落とした。手ごたえは確かにあり、術が上手くいったとき特有の感覚もあったのに。

「失敗かぁ……」

「珠華、そんなに落ち込むなって。大丈夫、大丈夫。もともと成功率は低いってさっき言ってただろ？」

子軌がいつものあっけらかんとした口調で励ましてくれる。

けれども、落胆は隠せない。

「それはそうだけど」

手を抜いたわけでもなく、甘く見ていたわけでもなく、術の難易度も易しい。そんな状況で術を成功させられなかったとなると、自信を失いそうだ。

成功率は四割もあった。その賭けに負けたのだ。

（私、まだまだね）

師であれば、自然と運気を呼び寄せ、確率が四割もあれば容易く成功させるだろう。珠華には勝負強さがまだ足りないのかもしれない。

〈珠華〉

「……はい？」

急に天淵が真剣な面持ちで珠華を呼んだ。涙目になりながらそちらを見ると、天淵が折り目正しく、頭を下げてきた。

〈感謝する〉

「ちょ、ちょっと天淵さん、やめてください！　どうしたんです？　私、結局、失敗してしまったのに」

珠華は慌てて言うが、天淵は頭を上げようとはしなかった。

〈たとえ失敗だとしても、お前が余のために時間をかけて策を練り、力を尽くしてくれた事実は変わらん。その尽力に対しての礼だ。素直に受け取ってほしい〉

胸を打たれた。

結果として天淵の依頼は後回しになっていて、しかも上手くいかなかった。にもかかわらず、きちんと礼を述べてくれる彼の誠実さに。

「そんな……もったいないお言葉です」

〈よい。結果は大事だ。だが、その間の臣下の奮闘を軽んじ、労わないのは君主としてあってはならないからな〉

やっと頭を上げた天淵は、鷹揚に笑う。

（普段はちっともそんな気配はないけれど、こういうところは白焰様と同じで気前のいい君主というか、なんというか）

これが天子の器というものなのだろうか。よく人を認める、褒める、その点において天淵と白焔の在り方はよく似ていた。

喜んで仕えたくなる、魔性の魅力である。

「それなら……どういたしまして、天淵さん。これからも記憶をよみがえらせる方法を調べ続けますね」

〈ああ、頼む〉

珠華は微笑《ほほえ》む。

当てが外れ、術は失敗してしまったのに心は不思議と軽く、晴れやかだった。今夜はよく眠れそうだ。

けれど、つい天淵の顔を見ていたら白焔のことを思い出してしまった。

あの美しい月の夜の出来事が、脳裏にまた浮かんでくる。

（……白焔様、今頃はどうしていらっしゃるかしら）

どこにいても、何をしていても、何かの拍子に思考がそちらを向いて、いつの間にか白焔のことを考えている。

自分もたいがい、頭に花が咲いているのを自覚する。

（気を引き締めなきゃ）

天淵は失敗を許して、労ってくれたけれども、この上さらに仕事で失敗を重ねるわけにはいかない。

法順などは珠華の力量を認め、すでに正規の宮廷巫女のように珠華を扱っている。だが、もし任務で不甲斐ない様子を見せれば、評価が覆ることもあるだろう。

「天淵さんの依頼は、必ず、達成してみせます」

〈期待しているぞ、珠華〉

うなずいた天淵の身体の角度が変わる。そのとき、何か、見慣れぬものが彼のうなじあたりに見えた気がした。

(あら?)

珠華はそれをよく見ようと一歩、前へ進み出る。

糸に似ていた。天淵のうなじのあたりから、彼の〝気〟で紡がれた細い糸らしきものが、ちぎれた蜘蛛《くも》の巣のようにふわり、となびいている。

(何かしら……)

そうっと手を伸ばす。けれど、珠華の指先が触れる前に、その糸のようなものはふっと掻き消えてしまった。

あれはいったい。

珠華は首を捻り、伸ばした手を見つめる。

妙に気になる糸だった。術を使ったあとにあのような現象が起こるのは、見たことがない。触れられれば〝気〟の特徴から何かわかるかもしれなかったが、結局わからずじまいだ。

〈どうかしたか？〉

「いえ……」

天淵は何ともなさそうだった。〝気〟の乱れもないし、いたって普通。よって、首を横に振るほかない。

ただ、そんな珠華の様子を、子軌が訝しげに眺めていた。

「なに？」

「なんでもない」

珠華が訊くと、子軌は視線を逸らし、はぐらかす。なにやらおかしな反応だ。

しかし問い詰めるのもまたおかしな気がして、珠華はそのまま流したのだった。

天淵の記憶に関する件がひとまず一段落したときには、すでに時間も遅くなっていた。

珠華たちは各々、帰り支度をし、帰路につくことになった。

天淵は普段から拠点にしている慈宸殿へと戻っていき、珠華も下町の家へ帰るため、子軌との待ち合わせ場所である金慶宮の門の近くまで足早に歩く。

けれど、祠部の官衙を出てふと、立ち止まる。

特に、理由があったわけではない。ただなんとなく気になって、珠華は四阿に足を向けた。

あの夜の琵琶《びわ》の音を、きっと一生忘れない。

美しい人が奏でる、美しい琵琶。あの音も、光景も、何日経ってもどうしても脳に焼きついて離れなかった。

四阿に身体は吸い寄せられていく。

もしかしたら、誰もいない四阿を見て、あの夜の記憶を上書きしてしまいたかったのかもしれない。

地面に折り重なった枯れ草を踏み、珠華は四阿をのぞき込んだ。

そこには、あのときと同じように艶やかな黒髪を微風に靡かせた白皙《はくせき》の美丈夫がいて、庭を眺めている。彼の美貌は、今夜もひどく冴えていた。

(……どうして、今夜もいるのよ)

容姿は似ていても、天淵と会ったときとは違う。心臓が、大きく跳ねる。顔も熱くなっている気がした。

好きだと口にしてから、余計に白焔を意識してしまっている。

「珠華。来てくれたのか」

いつの間にか、澄んだ翠《みどり》の瞳が珠華を射貫いていた。それだけで、珠華は真っ直ぐ見返すことができず、そっぽを向いてしまう。

「……ちょっと、帰る途中で寄っただけです」

情けないほどにあからさまな照れ隠しをする自分が、恥ずかしい。

けれどこれでは、この四阿で逢瀬の日課でもあるようではないか。

再び、あんなことを言わなければよかったと後悔がこみ上げる。あんな告白めいたことさえ言わなければ、ただの友人同士、変な意識をせずに済んだのに。

「つれないな、珠華。いいではないか、少し話していかないか？」

「子軌を待たせているので、ちょっとですよ。本当に、ほんのちょっとですからね」

「ははは。そんなに念を押さずとも、わかっている」

珠華は笑う白焔の向かいに、浅く腰かける。この状況には否が応でも、先日の夜を想起させられた。

「珠華」

「待ってください」

「なんだ。せっかくいいことを言おうとしていたのに」

「絶対に違うでしょう。というか、どうせまた求婚でしょう」

「そうだが？」

けろりとして開き直る白焔に、むかむかする。

「……やめてください、そういうの。軽々しく言わないで」

軽く言おうが、重苦しく言おうが、本当は関係ない。

だが、腹が立つのだ。白焔にとっては、あの状況も、言葉も、軽いものなのかと思うと。彼なりに喜んでいて、彼なりに愛情表現をしているのだろうとはわかっていても、だ。

「それは、すまない。怒ったか？」

「怒ってはいますよ、ずっと。でも、実際のところは、困っているんだと思います。私」

そう、どうしたらいいかわからなくて、困っている。だから、いつまでももやもやと心が晴れない。

「困っている、か」

「だって、私は庶民で、こんな外見で、取り柄はまじないだけで……そのまじないも別に国一番というわけでもないですし。そんな人間が、皇帝陛下のたった一人の后になんてなれるはずないじゃないですか。どうしたらいいのか、わからないんです」

「ずいぶん自己評価が低いな」

「ただの事実です」

　珠華はため息を吐く。

　宮廷巫女を目指したのは、自分なりにできることで白焔を支えたいと願ったから。珠華の得意分野がまじないだったから、それを生かせる宮廷巫女を選んだだけだ。

　本当は、白焔に仕えられるのなら、宮廷巫女という職自体にこだわりはない。

　だが、皇后となれば話は別。

「私がお后になっても、あなたにいいことは何もありません」

「俺はそなたがそばにいるだけで満足だが」

「私が、あなたの足を引っ張りたくないんですよ。……いい加減、わかってくださ
い」

　何もできない皇后なんてただお荷物で、政敵のいい的でしかない。珠華はそうなり

たくない、白焰の力になりたいのだ。

　自分で言っていて、胸が痛む。

　苦しくなってうつむいた珠華に、白焰も口を噤んだ。かと思いきや、白焰は再び口を開く。

「皇后になっても、そなたが俺の足を引っ張るとは思わない」

「どうして、ですか」

「そなたにはまじないの腕がある。この国はこの国で最初の巫女だった星姫を崇めているのだ。まじないに長けた皇后がいても、いいと思わないか？」

「…………」

　そう、だろうか。

　まじないを皇后の立場から、宮廷で役立てる。確かに、できないことではないかもしれない。政敵を呪殺——というと物騒だが、そこまでいかずともやれることはあるだろう。

　けれど、それができるほど、珠華は宮廷のことを知らない。宮廷巫女として、まだまだ勉強中の身だ。

　珠華はやや揺らいだ気持ちを、かぶりを振って霧散させる。

「とにかく、求婚はやめてください」

「……仕方ない。わかった。軽々しい求婚はやめよう」

「結婚そのものも、あきらめてください」

「それは無理だ」

　さりげなく言質をとろうとしたが、白焔は引っかかってくれなかった。うっかり舌打ちしそうになり、珠華は唇を曲げる。

「なんて顔をしているんだ」

「もうっ、ほっといてください」

「愛らしいから許そう」

　白焔が、くく、と喉を鳴らして笑う。不意打ちを食らい、珠華の頬が一気に紅潮した。

　絶対にわざとだ。してやられた。

「帰ります！」

　珠華は迷わず立ち上がり、四阿を出ようとする。その際、白焔が「珠華」と背に声をかけてきて、渋々、足を止める。

「求婚の返事は保留、ということでいいか？」

「……勝手にしてください」

そう、勝手にすればいい。結婚せずにいて困るのは珠華ではない。白焰のほうだ。

「ならば俺は、今度はそなたのほうから『結婚してほしい』と言ってくるように、努力しよう」

「そんなふうにはなりません！　絶対！」

言い捨てて、珠華は大股に歩いてその場を去る。早く、待たせている子軌のもとへ行かなければ。

「……ならないわ。私は」

歩きながら、独り言《ご》ちた。

秋風が吹いて、近くの池の畔《ほとり》に生えたすすきの穂が、さわさわと揺れる。秋の夜露の香りで猛った心を落ち着かせ、珠華は真っ直ぐ、門へ急いだ。

二　まじない師の最後の研修

翌日、珠華は朝から祠部の長官の執務室へ呼び出された。

最低限の調度しかなく、質素に調えられた執務室はまるで心の内を見せない、羽法順自身を表しているようだ。

その中で、壁に立てかけられた厳つい鎩《さい》が異質な存在感を放っている。あれは羽家に伝わる宝具であり、劉天淵の四人の臣下であった四臣がそれぞれ一つずつ、四王家に伝えているものらしい。

法順は雅びやかな仕草で執務机に肘をつき、艶然と微笑んでいた。

当代一の術者であり、仙師《せんし》である彼は、四十過ぎの壮年であるにもかかわらず、二十代前半のような若さを保つ美丈夫だ。

彼の前に立っていると、穏やかで優しげな表情なのに、不思議と緊張感で身体に力が入る。

「さて、君をここへ呼んだ理由に心当たりはありますか？」

訊ねられて、珠華はあらためて背筋を伸ばした。

呼ばれた理由はもちろん、わかっている。が、わざわざ問われると、何かの罠か引っかけかと疑ってしまう。

(……意地悪な人ならそうだろうけど)

たとえば、珠華の指導役であり、目の前の法順の甥にあたる羽宝和なら、珠華を試すためにこういう質問をしてきそうではある。

「私の研修期間、最後の任務のお話でしょうか」

数瞬考えたのち、結局、素直に答えると、法順は微笑みを崩さずに満足そうに首を縦に振った。

「正解です。では、その任務の内容に見当はつきますか?」

「え!?　いえ……」

さすがにそこまでは考えが及んでいなかった。珠華は甘かったか、と歯噛みする。

そうだ。宮廷でさまざまな貴族、官吏たちと渡り合うには自分で積極的に情報収集し、そこまで予測しておかなければならなかったのだ。

やはり、常に珠華は試されている。まだまだ、修業が足りない。

「まあ、知っていたら問題ではあるのですが」

「…………」

否。

なんだか、試されているというより、遊ばれている気がしてきた。

何も答えられずに珠華がじっと法順を見つめていれば、年齢不詳の術者は微妙に苦笑いする。

「さて、では、最後の任務についてですが。君には、皇帝陛下の母君である杜《と》翠琳《すいりん》皇太后陛下の警護をしてもらいます」

「は？」

己の耳を疑い、珠華は啞然とする。さらりと告げられたのは、とんでもない重要任務だった。

「警護？　皇太后陛下の？　な、あの、いったいどういう……」

狼狽《うろた》えながら訊き返した珠華に、法順はするりと、白く細い指を組んで答える。

「順を追って説明しましょうか。――杜皇太后の現状は、知っていますか」

「は、はい。一応」

杜翠琳は、現皇帝である、劉白焰の実母だ。

先帝の時代、十人ほどいた後宮の妃たちの中では、目立ったところのない妃であった。けれども、その美貌は抜群で、先帝にいたく気に入られ、先帝の長男、白焔を産む。

ただ、彼女は強い女性ではなく、やがて心を病んでしまう。

そうして先帝が病で崩御《ほうぎょ》すると同時に、次代の皇帝の母でありながら後宮を辞し、実家の杜家へと戻ったのだ。

その後、金慶宮に戻ることはいっさいなかったという。

「金慶宮を辞されて久しい皇太后陛下ですが、この度、金慶宮に戻り、しばらく滞在されることになりました」

「それは……皇太后陛下ご本人のご希望で？」

「の、ようです。よって、皇太后陛下が滞在される期間、警護をしなければなりません。武力の面ではもちろんのこと、術や呪詛からも守る必要があります」

珠華は息を呑んだ。

あまりにも、責任重大すぎる。とてもではないが、研修中の宮廷巫女に任せるような仕事ではない。分不相応もいいところである。

「……け、研修ではないですよね、その任務」

おずおずと訊ねると、法順は意味深に笑みを深めた。

「ええ。ですが、君のまじない師、術者としての腕を見込んでの任命です。安心してください、私も同じく任に就きます。皇太后陛下の身に万一のことがあってはいけませんからね」

「ええっ!?」

祠部長官自ら、警護を務めるとは。もうどこから驚いていいのかわからない。

「……ちなみに、宝和様は？」

「彼には別の仕事がありますので、警護については私と君が主となって務めることになります。君には、私の補佐をお願いします」

「は、はあ……あの、普通、研修の最後ってちょっと強そうな妖怪退治とか、ちょっと厄介な呪詛への対処とか、そういうのが多いと聞いたんですが」

「それはそれ、これはこれです。君には将来、祠部の中心となって活躍してもらいたいと考えています。今回の任務は、君にとって大きな経験となるでしょう」

大きすぎます！　とはさすがに言えなかった。

「やってくれますね？」

「う……はい」

珠華は思いきり顔をしかめつつ、鈍い動きでうなずく。上司にそこまで言われては、首を横に振ることはできない。

「そう嫌な顔をせずに。私は将来有望な君に期待しているんですから、もっと喜んでください」

「……どうして、そこまで私を気にかけてくださるんですか」

「燕雲仙師の愛弟子ですし、私も、君の実力を高く評価しています。ですから、ぜひともこの祠部で、長く精力的に働いてもらえるとうれしいです」

にっこり。有無を言わせぬような、圧のある法順の笑みに、珠華は頰を引きつらせて「はい」ともう一度うなずいた。

期待されるというのは、思っていたより重たいことらしい。人生初の発見だ。

ともかく、任されたからには、いかな重大任務だろうと逃げずにしっかりこなさねばならない。

（白焰様のお母様かぁ……）

あの美しい男の、美しいと評判の母。きっととんでもない美女だと思うが、いったいどんな人だろうか。

『母が琵琶の名手でな。それと器量の良さ以外にはあまり秀でたところのない人だったが――』

白焔がそう懐かしんでいたのを思い出す。

彼は母を悪くは思っていないようだったけれど、何か、複雑な事情を感じさせる様子でもあった。

白焔と彼の母が顔を合わせる機会もおそらくあるはずだ。

珠華はどうにか穏便に、何も起こらず済むよう願いながら、重たい責任にこっそりため息を吐くのだった。


「んで、さっそく今日、来るわけか。陛下のかーちゃん」

杜翠琳が金慶宮を訪れる日の朝。

出勤する馬車に揺られている最中、子軌がだらだらとした口調で言う。

「こら、皇太后陛下でしょ」

「ごめんごめん」

珠華は嘆息する。まったく、どうしようもなくだらしのない幼馴染である。

「もう、しっかりしてね。私がいなくても、くれぐれも宝和様に迷惑をかけないように」

「わかってるって」

へらへらと返す子軌。

彼は珠華とは別行動で、宝和の手伝いをすることになっている。法順も、さすがにこの男を皇太后のそばに置くような判断はしなかった。賢明だ。

とはいえ、そのせいであの有能だが堅物の宝和と、ちゃらんぽらんな子軌の二人が組む状態になる。ちゃんとやっていけるのか、珠華としては心配になってしまう。

ひゅう、と一段と冷たい風が吹いた。

「うぅ、さむーい」

朝はめっきり冷え込むようになってきた。もういくらもしないうちに冬になる。これからは幌《ほろ》のない馬車に乗っていると、当たる風が少しつらい時期だ。

身震いしながら上着の衿《えり》を掻き合わせる珠華を見て、子軌は、

「珠華こそ、無理して体調を崩したりしないようにな」

などと、世話を焼いてくる。

「……ええ。わかっているわ。根は詰めないようにする」

「あと、あの羽長官の笑顔に乗せられて必要以上に働かないように気をつけろよ」

「うっ」

ありそうだ。あの妙な迫力のこもった笑顔で念を押されると、ついうなずいてしまう。そうやって、仕事は増えていくに違いない。

子軌の言うとおり、心に留めておかなければ。

「気をつけるわ」

話しているうちに、馬車は金慶宮の門をくぐり、祠部の官衙前へと到着する。珠華は馬車から降りると、玄関で子軌と別れた。

翠琳は昼前に、永楽宮《えいらくきゅう》という建物にやってきて、そこに数日滞在するらしい。目的は、星姫の廟に参ること。秋の豊穣の感謝を伝えるためだというが、主となる理由はよくわからない。

珠華は祠部で準備を整えると、さっそく永楽宮に向かった。

永楽宮は金慶宮の敷地内でいうと、後宮の近くにある。各部署の官衙が集まる辺りとは中央の慈宸殿を挟んで反対側だ。徒歩ではいくら時間があっても足りないので、躊躇なく馬車を使う。

日の光を反射する、美しい瓦の屋根。ところどころに宝石の嵌め込まれた、雲や龍を模した意匠の飾り窓や扉に、鮮やかな朱の柱。

秋も終わりが近く、植物は乏しいが、建物自体になんとも趣があるので寂しさは感じない。

(ここが永楽宮か――)

後宮が廃されていた時代、皇后が住まいにしていたこともある由緒正しい宮殿である。

確かにどこか無骨な印象もある慈宸殿や官衙などとは異なり、優美で、細やかな煌びやかさのある建物だった。雰囲気は後宮に似ている。

珠華が馬車を降りて門を通り抜けると、その先は大勢の警備の兵が行き来していた。慌ただしく、物々しい。が、これから此処へ来る人物を思えば、妥当か。

(見られてるわね)

堂々と歩く珠華に、奇異の目が向けられているのを感じる。

珠華の色彩が異質であるのはもちろんのこと、行き交うのが兵ばかりなので、祠部の衣装は目立つようだった。

しかし、しっかりと身元を証明する佩玉《はいぎょく》をつけているため、咎められることはない。

「失礼いたします」

珠華は真っ直ぐに前庭を進み、宮殿の扉を開ける。

玄関を入ってすぐの開けた空間に、数人の女官、そして外と同じく警護にあたるであろう兵、そして法順もいた。

「おはようございます、李珠華君」

にこやかに法順が挨拶を返してくる。同時に、女官たちの怪訝そうな視線が突き刺さった。

（うわ……はあ。馴染めるかしら）

宮廷巫女として、何が嫌かといえばこういうときだ。新しい仕事を始めるたびに、初めての人と仕事をともにするたびに、まずこの奇怪な見た目に慣れてもらうところから始めねばならない。

これがどうにも気が重く、面倒なのだ。

ため息を吐きたくなるのを堪《こら》え、珠華は会釈をして法順の斜め後ろに立った。

「では、ざっと紹介してしまいましょう」

法順の音頭で、簡単な自己紹介が始まる。どうやら、永楽宮内部の警備はもっとも位の高い法順が基本的に大まかな指示を出すことになるようだ。

仙師の称号を持つ、まじない師、および術者の頂点とも言える存在であり、羽王の代理でもある彼が、このような誰でもできそうな仕事をするのが、にわかには信じられない。

だが、普段は所属もそれぞれ違う者たちをまとめるには、地位の高い人間が指示をするのが一番確実ではある。

自己紹介をした女官は二人。韋秀雪と、王蓉《おうよう》という、珠華とあまり年齢の変わらない少女たちだ。

西領出身だという秀雪は明るそうな雰囲気をまとった、はきはきとした美少女で、驚くべきことについ最近まで妃嬪として後宮にいたという。この仕事を終え次第、故郷の西領に帰る予定らしい。

一方の王蓉は、ぼんやりとしてどこか陰気さをまとった、うつむきがちな少女だった。自己紹介も最低限、名乗るのみ。ずいぶんと対照的な二人である。

彼女たち二人が女官筆頭として、他の女官たちをまとめる。

続いて警護にあたる兵を率いる代表の者が何人か挨拶をする中、珠華が気になったのは一人の青年だった。

（あの人……）

ただ、刃《じん》、とだけ名乗った青年は、明らかに浮いている。

黒く、動きやすさを重視した兵士のものに似た衣装に身を包み、顔も襟巻きで半分隠れている。その瞳は暗く澱んでおり、まるで洞のようだ。彼がそこに立っているだけで、なんとなく血腥《ちなまぐさ》さが漂ってくるようでもあった。

（ずいぶん濁った〝気〟ね）

どれだけ自分の心身を傷つければ、あのように濁った〝気〟になるのだろう。汚れきった溝の泥のように重たく、のしかかってくるような〝気〟が彼にはまとわりついている。

戦い、人を傷つける職にある者は少なからず、そういった傾向はある。

人を斬り、命を奪う行為は、己の心を深く傷つけて〝気〟を濁らせてしまうのだ。

さりとて、そう簡単にこれほど濁ることはない。こうなるには、心が壊れるほど人を傷つけるか、よほど強い自責の念に苛《さいな》まれ続けるかだ。

翠琳の護衛を担当し、武芸の腕が立つというが、珠華には彼こそが暗殺者のように思えてしまう。

（気がかりなことが増えたわね）

珠華よりもずっと〝気〟に敏い法順が何も言っていない以上、刃という青年を信じていいのだとわかっていても、気になるものは仕方ない。

「韋秀雪君、王蓉君には女官として、刃には護衛として、李珠華君には宮廷巫女として、主に皇太后陛下のそばについてもらいます。よろしいですね」

法順の言葉に、一同がうなずいて了解の旨を示す。

秀雪はうきうきと、王蓉はそっぽを向きながら、刃は無表情に、珠華はただ真っ直ぐ前を見て。

各人の反応は見事にばらばらで、先が思いやられた。


朝早くから進められていた翠琳を迎えるための準備がいよいよ完了した頃、翠琳到着の知らせが永楽宮にもたらされた。

（ついに、ね）

珠華は法順とともに永楽宮のあちこちに破魔《はま》の護符を仕込み、結界を張るなど、忙しく動き回っていた。

無論、珠華が作業した箇所については不備がないか、逐一、法順に確認してもらっている。評価は上々だ。むしろ、せっかく抜かりない働きを褒められたのに、慌ただしくて喜んでいる暇もなかったのが残念だった。

だが、おかげで術的な守りは万全である。

「杜皇太后陛下の御成りです！」

兵の一人が声を張り上げる。珠華は法順とともに女官、兵たちの列に交じり、永楽宮の門で翠琳を迎えた。

「……ご苦労、様です」

美しい楽器が鳴ったのかと思った。あまりにもか細い――けれど、軽やかに鈴が揺れるがごとく、澄んでいて美しい声だ。

豪奢な馬車から姿を現した麗人は、声の印象と違わず、折れそうなほど細く、頼りない。

髪の色はやや明るい茶、瞳は息子の白焔と揃いの翡翠。硝子《がらす》のように繊細で、すぐに壊れてしまいそうな、それでいて、可憐な美貌の持ち主だった。

真珠を用いた花の意匠の歩揺《ほよう》と金の耳飾りが実に軽やかかつ華やかで、濃緑の上衣に、ややくすんだ緑の裳、淡い黄の披帛《ひはく》がよく似合う。

年齢は三十代後半だが、とてもそうは見えない。どことなく幼さすら垣間見える。

しかし、あの息子にしてこの母あり、と断言できるほどの絶世の美女であるのは間違いない。先帝が夢中になったのも道理だ。

「出迎え、感謝いたします」

「ようこそいらっしゃいました、皇太后陛下」

代表して法順が歩み出て、挨拶をする。続いて、珠華たちも深々と頭を下げて礼をした。

翠琳は微笑んだようであったが、それすら弱々しい。

（やっぱり、お身体がよくないのかしら）

この線の細さ、大病を患っていると言われても納得してしまう。化粧は施されているが、顔色もあまりよくないように見える。

「では、皇太后陛下。こちらへ」

法順の先導で、翠琳が永楽宮の中へ入っていく。珠華たちは黙ってその後ろを、列になってぞろぞろとついていった。

（とにかく私は、無礼を働かないように注意しないと。……それにしても）

もしかしたら、久方ぶりに母親が登殿するとあって、息子の白焰も永楽宮に顔を出すかと思っていたが、ついに現れなかった。

こういうときは普通、皇帝が自ら出迎えるものではないのだろうか。

白焰の側近である文成《ぶんせい》とは今でもよく話をするが、白焰は特段、手が離せない仕事を抱えているわけではないらしい。それはそうだろう。そうでなければ、あんなにもしつこく珠華の前に出てきて求婚する時間があるわけがない。

母親を出迎える余裕くらい、いくらでも作れるはずなのに。

（……私の想像よりも、白焰様と皇太后陛下の確執は根深いのかしら）

歩く翠琳の後ろ姿を、そっとうかがう。小さな背中だ。本当に骨や内臓が入っているのか、不安になる身体の小ささである。

なんとなく、複雑な気持ちになりながら、珠華は思考を巡らせていた。

「では、私のほうから、皇太后陛下に直接お仕えする者を紹介いたします」

翠琳が居室で腰を落ち着けると、法順の口から珠華や女官の二人、刃ら主要な者たちの紹介が行われる。その後、いったんお開きになった。

珠華は翠琳のそばを離れる。

宮廷巫女として、翠琳の身辺を術的に守護するのが珠華の役目だが、今は法順が翠琳の話し相手になっている。彼がいれば心配はないので、控室に入り、珠華はほっと息をついた。

基本はこの部屋で待機し、手が足りなければ、必要に応じて女官たちの手伝いもする予定だ。

「お疲れ様、李さん」

ふと、ぽん、と肩を叩かれ、振り返ると秀雪がいた。

「お疲れ様です」

「堅いねぇ。……あたしも休憩なんだ。一緒にお茶でも飲まない？」

珠華は馴れ馴れしく接してくる秀雪に戸惑いながら、提案に乗ることにする。

秀雪は厨房で手早く湯を沸かし、香りのよい花茶を淹れて出してくれた。茶器は白い陶器で、つるりとして手触りがいい。簡素だが、質のよいものだ。

「どうぞ」

「ありがとうございます」

ゆらゆらと立つ湯気を、ただじっと眺める。部屋に二人きりだと思うと、静寂に少しずつ緊張感が薄れていった。

「李さん。……あ、珠華さんと呼んでも？」

訊かれて、「はい」と首を縦に振る。

秀雪はつい先日まで妃嬪をしていた。珠華が春に後宮にいて、呂明薔《ろめいしょう》や何桃醂《かとうりん》とやり合っていたときも、同じように妃嬪として後宮にいたのだ。

妃嬪だった二人が、こうしてまったく違う立場で仕事をともにする。

なんとも、不思議な心地がした。

「珠華さんは、もしや、あたしのこと嫌い？」

明るい表情のまま、秀雪は立て続けに早口で珠華に問うてくる。

「え？　いえ、まさか」

「でも、あたしも一応、貴族の娘で、妃嬪だったし」

正直なところ、どういった反応をしたらいいのかわからなかった。

以前、梅花に謝罪されたときもそうだったが、別に虐められていた珠華を助けてくれなかったからと責めるつもりはなく、思うところもない。それぞれの立場や考え方があるし、謝ってもらわなくてもかまわない。

ただ、どうしてかはわからないけれど、気まずい。

口ごもる珠華を見て、秀雪は「あはは」と貴族令嬢らしくない、豪快な笑い方をする。

「答えにくいことを訊いてごめんね。珠華さんが良ければ、数日の間だけど仲良くやっていこうよ。いい？」

「ええ、もちろんです」

「そんな丁寧な口調じゃなくてもいいよ」

「じゃあ……うん。わかったわ」

若干、たどたどしくなってしまったが、珠華は笑みを返す。

梅花とはまた違った雰囲気で、からっとした性格らしい秀雪とは、きちんと意思疎通をして仕事ができそうだ。

しばらく、珠華は秀雪と談笑していた。

秀雪は思っていたよりずっと話しやすかった。聞くと、彼女は商業が盛んな西領出身で、父は貴族だが、母は裕福な商家の娘だったらしい。秀雪自身も、貴族令嬢ではあるものの、母の実家などで商売の手伝いをしていたようだ。

だからだろうか、案外、街で近所の人と話すときのように会話が弾んだ。

「――少々、よろしいですか」

珠華たちが話していると、ふいに部屋の扉が開き、王蓉が顔を出した。

「あ、休憩時間、終わりかな？」

秀雪がそう言って立ち上がる。王蓉は首肯した。

「はい。ただいま、皇太后陛下の旅の疲労を癒していただくため……あらためてお茶の席を設けるところです。準備は、皇太后陛下が連れてこられた侍女の方が」

「わかったわ。では、あたしたちはその手伝いね。珠華さんも、手伝ってくれる？」

「ええ」

王蓉と入れ替わる形で、珠華と秀雪は控室を出て、広い居室を訪ねる。

居室内は華やかな刺繍の掛布をかけた卓と椅子が用意され、そこに翠琳が座り、己の侍女と会話に花を咲かせていた。

珠華が入室すると、法順が声をかけてくる。

「ご苦労様」

「長官、お疲れ様です。……今のところ、何事もないようですね」

「何もないのは良いことです。ただし、油断はしないように」

「はい」

ざっと室内に視線を巡らせる。異変はなく〝気〟の流れにも不自然さはない。まじないや術を使うことを生業《なりわい》としている以上、目で見るより〝気〟を感じたほうが異常事態には気づきやすい。

珠華は儚い笑みを浮かべて侍女と話している翠琳を見遣る。

しっかり気をつけて守っていないと、あれほど弱々しい女性はすぐにぽっきりと折れてしまいそうだ。

「私は少し、官衙に戻ります。この場は任せます」

「わかりました」

上司の指示にうなずき、退室する後ろ姿を見送った。

法順は普段から多忙な人だ。祠部の長官という職に加え、羽王代理としての立場もある。執務室で寝泊まりすることも少なくない。

いくら翠琳の警護が重要でも、そればかりに労力を割くわけにはいかない。

(だからって、研修期間中の新人だけ残していくのはどうかと思うけれど)

秀雪と並んで壁際に立ち、珠華は息を吐く。それを見て、秀雪は苦笑した。

「大変そうだね」

「……ええ。信頼されるのはありがたいことだけれどね」

しばらく経つと、翠琳のもとに昼餉《ひるげ》を兼ねて新しく茶が運ばれてくることになった。

外は晴れて、気温は低いが秋の日差しで室内はいくらかぬくもりが感じられる。

(ただ見ているだけって結構、退屈ね)

秀雪と二人、椅子を持ってきて座っているので足が痛くなったりしないのはいいが、とにかく手持ち無沙汰だ。

この時間に、護符づくりでもさせてもらいたい。そのように考えていたときだった。

ざわり、と総毛立つ感覚がした。

「な……っ」

珠華は思わず、勢いよく立ち上がる。目を凝らし、辺りを見回すけれど、特に変わったところはない。

貼ってある護符にも反応はなく、ただ穏やかな昼の空気が漂うだけだ。

「どうしたの？」

「いえ」

秀雪に訊かれるが、どうとも答えようがない。

確かに今、おかしな気配がした。ほんの少し〝気〟の流れに混じった異質な雑念。

普通なら、混入しえない類の別種の〝気〟を感じたはずなのに。

（どこから……？）

ちょうど、女官たちが茶器や点心などを持って入室してくる。

すると再びおかしな〝気〟の気配が混じる。例えるならば、心が安らぐ花の香りの中に、かすかに異臭が紛れ込むような。

その〝気〟の発生源は、入室してきた女官たちのほうだ。

「止まってください！」

珠華は思いきり制止の声を上げた。

その場の全員の注意が、いっせいに珠華のほうを向き、話し声や物音が止んで、しん、と静まった。

「どう、なさったの？」

翠琳が細面を強張らせて問う。

「……何か、術的な攻撃を受けている可能性があります。これから確認しますので、どうかそのままで」

たくさんの、不信感を含んだ視線が珠華を射貫くが、たじろいでいる場合ではない。

珠華はかまわず、おかしな〝気〟の源を探す。

女官たち――ではない。人がまとうものであれば、もっとはっきりと感じるはず。

(だとしたら)

女官の持っている茶器や料理を注視した。

「これだわ。……この茶器、そちらの台に置いてください」

女官の一人が持っていた茶器一式、そこからわずかに放たれる異常な〝気〟。珠華の鬼気迫る指示に、躊躇《ためら》いながらも女官がそっと茶器を置く。

秀雪が近づいてきて、茶器を見下ろす珠華の後ろから覗き込んだ。

「秀雪さん、くれぐれも素手で触れないでください」

「う、うん」

どうやら、茶器自体に異常はない。問題があるのは陶器の茶筒だ。珠華は茶筒の蓋を開いた。

遮るものがなくなった途端、溢れ出すように広がるのは妖しく、禍々しい〝気〟だった。本来、食品に混じるはずのないそれは、茶筒をひっくり返し、中身を盆にすべて出してしまうといっそう顕著になる。

珠華は無意識に眉をひそめた。

「……これは」

「なに？　どういうこと？」

何も異変を感じないらしい秀雪が、珠華の反応に首を傾げる。

怯えた様子で表情を歪め、こちらを見ている翠琳を、珠華は振り返った。

「皇太后陛下」

「茶葉に毒が仕込まれていたようです」

「ど、毒ですって……!?」

珠華の報告を聞いた翠琳は息を呑み、侍女が悲鳴のような声を上げる。

「どうして、そんなことがわかるの!?」

わずかな恐怖と疑念の色を滲ませた侍女の問いに、珠華は努めて冷静に答える。

「私は宮廷巫女ですから。〝気〟を読んで判断いたしました。お茶や点心が用意されているのに、それにそぐわない〝気〟が混じっていたらわかります」

「まさか……」

「わたくしを、誰かが弑《しい》そうとしたと……いうこと、ですか？」

真っ青になって、翠琳が唇をわななかせる。小刻みに震える彼女の手を、侍女が気遣わしげに握り、背をさすっている。

「そうかもしれませんが、狙いははっきりしません。毒自体の放つ〝気〟が強すぎて――」

珠華は広げた茶葉を見る。

茶に含まれていた毒。それは、鴆《ちん》、という鳥の妖怪の羽の毒だ。

鴆は毒羽を持つ妖怪で、羽の毒は無味無臭の猛毒であるとされる。羽を水や酒につけるだけで、あっという間に毒水や毒酒が出来上がるという、危険な代物だ。

その毒のついた羽を細かくちぎり、茶葉にまぎれ込ませてある。

しかし、鴆自体が妖怪ゆえに、羽は独特の〝気〟を放っており、毒を仕込んだ犯人の害意を犯人自身の残した〝気〟から読み取るのが非常に難しい。

元より、あの茶や点心は翠琳だけではなく、侍女、珠華や秀雪にも振る舞われる予定だった。誰が狙われたのか、なおさら特定できない。

「犯人や狙いはわかりませんが、この茶葉と茶筒は、この盆ごとただちに燃やしてしまったほうがいいです。長官が戻ったら一度見てもらい、そのあとこちらですぐに処理します」

「そ、そう……では、お願い」

震える声の翠琳に頼まれ、珠華は「わかりました」とうなずく。次いで、はっと我に返った隣の秀雪が、声を上げる。

「早急にこのお茶を用意した者、茶筒に触れた者全員を連れてきて！　絶対に逃がしてはだめよ、もし庇《かば》い立てすれば命はないと心得なさい！」

「は、はい！」

女官たちが慌ただしく動き出す。茶器を運んできた女官は、顔面蒼白で力なく膝から床にくずおれた。

「やましいところがないのであれば、罰しはしないから。心配いらない」

女官を励ます秀雪は、実に上に立つ者としての振る舞いが板についていた。格好いい、と珠華は内心で賛辞を贈る。

（さすがね）

商家の娘を母に持ち、気安い性格だとはいえ、貴族令嬢はやはり違う。堂々と、よどみなく皆に命ずる姿に惚れ惚れしてしまう。

そうこうしているうちに、茶筒に触れたとおぼしき人物が三人、珠華たちの前に並んだ。

厨房の女官が一人、料理人が一人、あとは運んできた女官である。

三人は一様に血の気を失った顔で、恐怖からか、目線はうろうろとさまよい、動揺していた。

「――珠華さん、どう？　何かわかる？」

毒を混入させた以上、犯人には明らかな害意がある。それは〝気〟にはっきりと表れ、特定も可能だ。

しかし、並んだ三人の〝気〟の特徴は、平常の範囲から逸脱していない。いたって普通だった。鴆の毒羽――鴆毒を直接所持していたなら、その妖気の残滓《ざんし》が持ち主にあってもおかしくないが、それもない。

秀雪に意見を求められ、珠華は首を横に振った。

「……毒を混入させたのは、この三人ではないと思います」

「そうなの？」

珠華はそう結論づけた根拠を、できるだけわかりやすく解説する。すると、秀雪は納得したように「ふむ」と相槌を打った。

「〝気〟でいろんなことがわかるんだね。知識として聞いたことはあったけど、初めて腑に落ちる説明をしてもらったかも。まあ〝気〟を感じ取れないから、あくまで理論がわかったってだけだけれど」

「それが普通だと思うわ。とにかく、この三人のうちの誰かが犯人である可能性は低い。そもそも、鴆毒は貴重で、簡単に手に入るものじゃないの」

「なら、黒幕がいるかもしれないってことね。なるほど。実行犯だけを捕まえても意味はないか」

珠華と秀雪はうなずき合う。

「とにかく、ほかにも毒を入れることのできた可能性のある者を洗い出そう。――王蓉、あなたもだから」

「……はい」

秀雪が視線を向けた先には、事件が起こった際、一人で控室にいた王蓉がいた。

うつむきがちな王蓉の表情はうかがえない。けれど、どうやら異議を唱えるつもりはないらしかった。

「王蓉さん」

「はい」

珠華が呼びかけると、先ほどと寸分違わない声の調子で王蓉は返事をする。

「あなたの〝気〟には、問題ありません。だから、私たちに力を貸してください」

「……わかりました」

王蓉の口調は淡々としているものの、その瞬間、ほんのわずかに喜びのような響きが含まれていた気がした。きっと、安心したのだ。

（彼女とも、打ち解けられたらいいな）

珠華は漠然と思う。

祠部の官衙から戻った法順が永楽宮の居室に顔を出したのは、それから、しばらく経ったのちのことだった。

「話は聞きました」

「長官」

ほっと、安堵が珠華の胸に広がる。

自分の見解に自信がないわけではないが、この場で〝気〟を感じ取れるのが自分だけであるのが、なんとも心細かったのだ。

緊急で仕方ないとはいえ、判断を己で下してしまうのも、心許ない。

集まっている翠琳や彼女の侍女、ほかの女官らも胸を撫で下ろしたようで、緊張の糸が緩んだような空気がどことなく漂う。

法順はさすがに信頼がある。

「大変でしたね、一人にしてしまい、すみませんでした」

「いえ、長官もお忙しいお立場ですから……」

「それでも、新人一人には荷が重かったでしょう。詳しい状況を説明してください」

珠華は皆に説明したのと同じことを、より術的な観点から詳細に法順に伝えた。

「鴆毒とはまた……危険なものを。素人が素手で触れれば、肌が爛《ただ》れることもあるというのに」

美しい弧を描く眉をひそめた法順は、ゆったりとした仕草で顎をつまみ、思案する。

「しかし、本当に茶筒に触れたのは、その三人で全員ですか？　他に……たとえば、皆が目を離した隙に何者かが厨房に入り、あらかじめ用意していた毒を混入させるとか」

まあ、誰も見ていなかったのなら、結局、誰もわからないんですが、と法順は困ったようにため息を吐いた。

「一応、その時間に厨房へ行って毒を入れることのできた人物を絞り込んではみました」

秀雪が挙手し、補足する。

彼女の言うとおり、法順の言ったようなことを危惧し、すでにその辺りは調査済みであった。

「その中にも、おかしな〝気〟をしている者はいませんでした」

秀雪の補足を、珠華が引き継ぐ。

控室に一人でいた王蓉をはじめ、そのとき、どこに誰がいたか、ほかの者が証言できない者を集めて〝気〟を見たが、不審な点はなかった。

(術で〝気〟の偽装をする……できなくはないけれど)

そこまでいくと手が込みすぎていて現実感がないし、珠華はともかく、法順の目すら欺く偽装などありはしない。

法順ならば、やや時間の経った今でも、術が使われた気配は難なく見つけてしまうだろう。

「仕方がありません。この件は、あらためて調査することにしていったん解散にしましょう。このままでは、何も進みませんし、皇太后陛下もお疲れになってしまうでしょうから」

よろしいですね、と法順に問われ、翠琳がこくり、と首を縦に振る。

もともとあまり元気そうでなかった翠琳は、ますます顔色を悪くしており、見ているだけで気の毒になってくる。

金慶宮を訪れて早々こんな有様では、彼女の心労はいかほどか。

全員がすっきりしない気持ちを抱え、重苦しい沈黙が落ちた。そのとき。

――視線を感じる。

珠華が顔を上げると、こちらを見つめる瞳と視線がかち合う。刃だ。彼が、珠華を見ていたようだった。しかし、すぐに目を逸らされてしまう。

(なんだったんだろう)

一瞬、真正面からうかがうことのできた彼の瞳は、ひどく不思議で、神秘的な色をしていた。

未だほのかにそわそわとした雰囲気を残しつつも騒動が落ち着いた午後、侍女を介して、珠華は翠琳に呼び出された。

「私、何かしたかしら……」

嫌な緊張感に気を重くして、ついぼやくと、それをそばで聞いていた秀雪は、「まあまあ」と笑う。

「きっと、さっきの騒動についての話だよ。たぶん、お褒めの言葉じゃない？」

「だったらいいけれど」

「そう悲観しないで、さくっと行って、帰ってきなよ」

「ええ」

翠琳はあのあと、休みたいと言って寝室にこもってしまった。無理もない。あれだけ具合が悪そうだったのだから。

珠華は自分が翠琳の寝室に呼ばれるという事態に一抹の疑念を覚えながらも、秀雪に励まされ、一人で翠琳の寝室へ向かった。

（あら、琵琶の音？）

翠琳の寝室が近づくにつれて、はっきりと琵琶の美しい音色が聞こえてくる。

そういえば、白焔がこの前、琵琶を弾いていた。そのとき、自分の琵琶の腕は母親譲りなのだと言っていたのを思い出す。

「失礼いたします、李珠華です。参りました」

「お入りください」

中から、侍女らしき声が返ってきて、扉が開く。琵琶の音が止んだ。珠華はできるかぎり優雅に見えるよう、一挙手一投足に気を配り、そっと静かに入室する。

「皇太后陛下。お招きいただき、光栄に存じます」

「……よく、来てくださいました。お顔を上げて」

礼をした珠華に、翠琳のか細い声がかかる。

「さ、こちらの椅子に座ってくださいな」

「恐れ入ります」

顔を上げ、珠華は勧められた椅子に腰かけた。

翠琳の寝室は彼女が永楽宮に来る前、護符を貼るために珠華も入っているが、主人がいる今は、がらりと部屋の空気が変わっていた。

ほのかな花の香が甘やかに、柔らかに広がり、包み込んでくるようだ。もとより瀟《しょう》洒《しゃ》な部屋ではあったが、今は女性的な、優美な印象が強い。琵琶は翠琳のかたわらに置かれていた。

至近距離で対面した翠琳は、やはり絶世の美女だった。

顔の輪郭から肌、瞳、唇、どれをとっても完璧に整い、彼女に似合っている。そして、白焔の面影も確かにあった。

「突然、呼び立ててごめんなさいね」

「いえ」

「急にお呼びしたから、きっと困らせてしまったでしょう……」

「それは、はい」

じっと、翠の瞳に見つめられると落ち着かない。どうしても、同じ瞳の彼の顔を思い出してしまう。

けれど、目を合わせられない珠華を、翠琳は特に咎めたりはしなかった。

「――あなたにね、お礼を言いたかったの」

翠琳が小さく、囁《ささや》くように口にした言葉に、はっとする。

「お礼、ですか」

「ええ、そうなの……あのとき、あなたが毒を見抜いてくれなかったら、大変なことになっていたかもしれないわ。だから、ありがとう。李珠華さん」

「もったいないお言葉です。……私は、仕事をしただけで」

「お仕事でも、ああして事前に毒を見抜いてしまうのが簡単なことでないのは、わたくしにもわかります。誰もができることなら、この世から毒殺はなくなりますから」

翠琳の言葉で、珠華は白焔のことを思い出した。天淵もそうだったが、白焔と縁のある人たちはどうして人を喜ばせるのがこうも上手いのだろうか。

単に仕事で、当然のことをしただけでも、お礼を言ってくれるなんて。

「こちらこそ、私のような一介の新人宮廷巫女にそう言っていただけて、うれしいです。ありがとうございます」

「ふふ。謙虚ですね。……これからも頼りにしています。此処へ来る前からあなたのことは聞いていたけれど、実際に会ったら想像よりもずっとしっかりしていたから、わたくしも……うれしくなったの」

「え？　私のことをご存じだったのですか？」

「ええ」

びっくりして訊き返した珠華に、翠琳は穏やかな笑みを浮かべる。

「あなたを此処に呼んだのは、そのこともあるから、で」

「……………」

「あなたなのでしょう、白焔の……想い人、というのは」

呼吸が止まる。頭が一気に真っ白になり、珠華は一言も発せぬまま、ただ口を開閉することしかできない。

——白焔の想い人。

ものすごい破壊力の表現だ。

彼女の認識は間違っては、いない。彼は毎日のように珠華に求婚してきて、愛の告白めいたことを繰り返すから。

だが、それが白焔の母である翠琳に知られているのが、ひたすらに衝撃的で。

恥ずかしさと居たたまれなさと、彼女の思惑がわからなくてこみ上げてくる恐れと。

さまざまな感情がないまぜになり、ぐるぐると頭の中で渦巻いては消える。

「あ、あの、私」

謝らなければいけない。何の理由も、わけもわからないまま、急にそう思った。

謝らなければ、彼女に、深く、詫びなければ。何を、何に対して？

強く、脅迫でもされているように『謝らなければ』と思うのに、けれど、何を謝ればいいのかわかっていないから、しどろもどろになるしかない。

顔からどんどん血の気が引いて、瞬《まばた》きすらできない。

「あ、ごめんなさい……そんな、困らせてしまうつもりはありませんでした」

「え、あの」

「あなたを責めるとか、そういうことではありません。だから、安心してくださ い。怖がらなくていいの」

「………」

懸命に珠華を宥めようと言葉を尽くす翠琳の態度に、偽りはなさそうだ。

凍りついたまま動けずにいた珠華は、暴れまわる心臓を徐々に落ち着かせ、呼吸を整えて、思考を取り戻すことができた。

（てっきり、怒られるのかと思ったわ……）

冷静になってみればわかる。珠華が詫びたかったのは、翠琳の大切な息子が珠華のような、どこの馬の骨とも知れぬ女に求婚する事態になってしまったこと。

相手は生まれついての皇家の人間であり、皇帝だ。

庶民の、しかも出自のわからない孤児の女がたぶらかしていい相手ではない。それを責められたら、珠華はただひたすらに謝るしかない。

（でも、違うのよね）

だとすると、翠琳がいきなりそんな話題を切り出した意図がわからない。

「意味がわからないという表情ですね……それもそうかしら。母親が息子の恋の相手を呼び出して一対一で話すなんて、普通はろくなことにならないでしょうから……」

　翠琳は寂しそうに、消えそうに笑う。

「ただ、訊きたかったのです。白焔の話を」

「陛下の話、ですか？」

「そう。わたくしは、恥ずかしいけれど、ずっとあの子から逃げていました。顔を合わせるのが怖かったわ……だから、あの子が皇帝になってから、毎日どんな暮らしをしているのか、どんな顔で、誰と付き合っているのか、何が好きで、嫌いなのか……何もわかりません。それを、知りたくて」

「あの、お訊きしてもよろしいでしょうか」

「どうぞ」

「……どうして、陛下のことを避けていらっしゃったのですか？」

　珠華が気になったのはそこだった。

　白焔が翠琳を避けていたのなら、わかる。珠華が出会った頃、彼は長らく、ある呪詛に悩まされていた。女性に触れると重度のじんましんに襲われるという呪詛だ。

　女性、というのは、当然ながら母親も含まれる。白焔は母との触れ合いも避けざるを得なかったはずである。

だが、なぜ、翠琳のほうが白焰を避けるのだろうか。

「──わたくしは、陛下の……先帝の寵姫には向いていませんでした」

翠琳はまるで途方に暮れた幼子のような口調で、滔々《とうとう》と語った。

「そもそも陛下から寵愛を受けることも、それで他の妃嬪たちから強い感情をぶつけられることも、わたくしには荷が重かった。まったく、耐えられませんでした。だから……つらくて、わたくしはいつも泣いていたのです」

珠華にも覚えのある状況だ。

寵愛を受けているとされ、嫉妬をぶつけられて、さまざまな嫌がらせをされる。珠華の場合は〝気〟が読めたから、ある程度は予測し、躱《かわ》すこともできた。

だが、何もわからず虐げられて、生きるか死ぬかの日々が延々と続くと想像すれば、とても耐えられない。途中で、おかしくなってしまうかもしれない。

「けれど、あるとき白焰を身ごもり、わたくしは第一皇子の……次代の皇帝の母となったのです。結果、余計に他者からの激しい感情の奔流にさらされました。わたくしはもう、限界で……白焰が女性に触れられない謎の病に罹《かか》る前に、とっくにあの子を避けるようになっていたのです」

白焰さえいなければ、まだましだったのに。男児など産んでしまったから。そう、息子の存在を呪ってしまったのだと、翠琳は珠華に懺悔《ざんげ》した。

「一時期は、あの子の姿を見るのも嫌でした。あの子の、白焔の中に陛下の面影を見るたびに、自分の面影を見るたびに、わたくしはわたくしの境遇を嘆き、現実から目を逸らしていました」

そうして、翠琳の心は壊れていった。

公務に出られなくなった彼女は、皇太子の母として権力をふるうこともせず、ただ引きこもって嘆く日々を送り、先帝が崩御すると同時に実家に戻ったのだという。

「わたくしは白焔に、ろくに愛情を注ぐことができなかった。それが、どれだけ惨いことだったか……実家に戻り、回復してから反省したのです。わたくしは、白焔を愛していないわけではありません。いざ離れてみれば、元気にしているのか、いつも心配でした。でも、何もしてあげられなかった手前……合わせる顔が、なかったのです。わたくしの心が、弱いから」

苦しそうに、ときどき言葉を詰まらせる翠琳。彼女が自身の胸に当てた手には、いつしか力がこもっていた。

深い悔恨が彼女の胸に巣くっている。そう、感じた。

「せめて、今の白焔がどのように暮らしているのか、近しい人から聞きたいと思いました。だから、あなたに来てもらったの」

たぶん翠琳は、本心では白焔と会い、面と向かって謝罪し、話を聞きたいと願っている。だが、合わせる顔がない——そう考えて、それをできずにいる。

（ここで私が口を出したりするのは、大きなお世話よね）

下手に白焔と翠琳の仲を取り持とうなどとは、しないほうがいい。珠華は部外者だし、他人が手や口を出してこじらせてしまったら目も当てられない。

珠華ができることと言えば、せいぜい翠琳の望みどおり、白焔の話をすることだけだ。

「わかりました。私ができる範囲で、白焔様のことをお話しします」

「本当に？　ありがとう」

翠琳はぱっと目を輝かせ、わずかに前のめりになる。

法順は珠華に経験を積ませるためにこの任務を課したと言っていたけれど、もしかしたら、翠琳の気持ちを知っていて、あえて珠華を選んだのかもしれない。それか、翠琳のほうから珠華を指名したたか。

どちらにしろ、白焔と翠琳のわだかまりが解ければいいと、珠華は願うばかりだ。

＊＊＊

白焔は執務室の長椅子で、はっと目を覚ました。

身体の芯から冷えていくような秋風が半開きの窓から吹き込んでおり、近くの庭から葉擦れの音が聞こえてくる。

すっかり冷たくなった身を震わせて、ゆっくりと起き上がった。

(どれくらい寝ていたんだ?)

少し仮眠をするつもりだったのだが、だいぶ時間が経っている気がする。そこへ、ちょうどよく側近が入室してきた。

「あ、陛下。起きられましたか」

「文成。俺は、どれくらい寝ていた?」

「ほんの四半刻程度ですよ。もっと眠っていてもいいくらいです。夜もあまり眠れていらっしゃらないのでしょう?」

成人男性でありながら少年のごとき幼い面立ちに、高い声をした側近の宦官《かんがん》、文成は、そう言って表情を曇らせる。

側近に心配をかけていることを申し訳なく思いつつ、白焔はかぶりを振った。

「いや。最近はそうでもない。前よりも身体の調子はよくなっている」

「え？　そうですか？」

「ああ。相変わらずおかしな夢ばかり見るが……慣れてきたのかもしれない」

「確かに近頃は、一時期よりもおつらそうではありませんが……」

文成に言ったことは、心配をかけるまいと強がっているわけではなく、真実だった。

身体のだるさや疲れなど、一時はこれでもかと重たくのしかかっていたのに、ここ数日はとんとない。眠ればきちんと回復する。

そして体調がよくなるにつれ、見る夢はどんどん鮮明になっていった。

（俺が見ている夢。あれは……）

まるで、誰かの半生を追体験しているようだとは、前々から感じていた。だが、最近になって確信を持てるようになった。

小国に生まれた皇子。彼は悪鬼羅刹《あっきらせつ》の蔓延《はびこ》る不毛の地と、そこで身を寄せ合って恐怖の中で生きる民を憂い、剣一本を佩《は》いて国を飛び出した。

人を害し、暴れまわる悪鬼、悪妖たちを退治し、人が安心して暮らせる土地と仲間を増やしながら旅をした――あの人物は。

（劉天淵。この国の太祖の記憶で、間違いない）

こんなことがありうるのか。珠華のように〝気〟を読めず、まじないや術を行使できない白焔には正確なことはわからない。

だが、白焔にとり憑いている天淵の記憶が、白焔に流れ込んでいるのは、もう疑いようがなかった。

もし、天淵の記憶が戻らないのが、白焔に流れ込んでいるせいだとしたら、珠華と天淵にきちんと報告せねばならない。

それに、今現在の気がかりがもう一つ。

「陛下。無事、皇太后陛下は永楽宮に入られたようです。ですが、さっそく問題が起きたようでして」

「何かあったのか？」

「皇太后陛下の口にされる茶の茶筒から、毒が見つかったようです。見つけた珠華どのと彼女の上司である羽長官の見解では、毒は鴆という妖鳥の毒羽だと」

「毒か……被害は？」

肌が粟立った。嫌なざわめきが、白焔の胸中を満たしていく。

「ありません。珠華どのが、未然に防いだようで」

「ならばよい。あとで詳細な報告書を上げさせろ」

「御意」

ふ、と大きく息を吐き出す。

母親のことを考えると、頭痛がする。本当に頭痛がするのではなく比喩だが、なんとも気分が落ち込むのは変わらない。

杜翠琳。彼女との思い出は、ほんのわずかしかない。白焔が物心ついたときから、彼女は塞ぎ込んで、滅多に姿を見せなかった。

避けられているのだと、子ども心にすぐに察した。

母を好きなのか、嫌いなのか、それすらも白焔の中ではあやふやだ。

好きになる機会も、嫌いになる機会もなかったのに、どういった感情や思いを抱けばいいのだろう。

けれど、彼女が金慶宮に滞在している間、一度も会わないわけにはたぶんいかない。

(今さら、話すことも何もない)

なぜ今になって戻ってきたのか、理解できなかった。

永楽宮はさほど遠くないから、本当はいつでも赴ける。だが、いつまで経っても足は向きそうにない。

「珠華は、活躍しているようだな」

白焔が言うと、文成が頬を緩ませる。

「そのようですね。自分も誇らしいです。珠華どのが評価されるのは」

永楽宮にいる珠華には会いたい。彼女の名を聞くだけで、うれしくなって心躍る。

されども、白焔が永楽宮に行くとなると、母のことも避けては通れない。

想い人と母親と。二人の女性の間で、白焔の気持ちはゆらゆらと揺らいでいた。

「ああ、俺はどうしたらいいんだ。夜に永楽宮に忍び込むか……？」

「お、おやめください！　不審者と間違われて捕まりますよ」

頭を抱えた白焔に、文成が呆れたように半眼になる。

「では、兵に扮して紛れ込む」

「ですから、おやめください！」

こっそり行って、こっそり珠華にだけ会って帰りたい。白焔のそんな邪《よこしま》な願望が溢れ出す。

なぜそこまで珠華に惹かれるのか、自分でもわかっていない。

だが、珠華に会いたい。そばにいてほしい。これだけは、ずっと変わらない。

「そんなに……皇太后様にお会いになるのが？」

長椅子から立ち上がり、机に向かう白焔に、文成から控えめな問いが投げかけられる。白焔は彼が濁した部分をあえて口にした。

「嫌だな。いや、嫌だというよりはむしろ、会う理由がないから会いたくない、といったところだ」

「はあ」

「会う理由もなく、話すこともない。そんな相手に会いたいと思う道理がない」

今さら、どういうつもりで出てきたのかは知らない。

ただ、もし翠琳が白焔に謝りたがっているのなら迷惑だし、会いたがっているのだとしてもそれこそ遅すぎる。

幼い頃、母が恋しい時期はあった。しかし、そんなものは過去のこと。

母のぬくもりなど、欲しいときに与えられないのなら、何の意味もないものだ。

「……なんだ、文成。目を丸くして」

白焔は黙ったまま驚いている様子の側近を、自嘲交じりに見遣った。

「い、いえ……陛下がそのように棘《とげ》のある物言いをされるのを、初めて聞いた気がしましたので……他意はありません」

思わず目を瞬く。自覚は微塵もなかったが、確かに言われてみればそうだ。

笑いがこみ上げる。

「あははは」

自分にもこんな一面があったのかと、白焔は可笑《おか》しくて堪らなかった。

三　まじない師は強襲される

日没後の宮廷は暗く、人の気配がぐっと減り、広大ながらんどうに似ている。

昼間は大勢の人間に利用されている建物たちも、夜になると静寂の中に口を開けて深い闇を作り出しており、人の少ない歩廊は不気味な雰囲気を漂わせていた。

張子軌は、大股でずんずんと半歩先を歩く羽宝和のあとを、早足で追いかける。

「ちょ、もうちょっとゆっくり歩きましょーよ」

「うるさい。黙って歩け」

「俺、こんなに資料抱えてるんだけど……」

子軌の腕の中には、いっぱいの書物に、木簡に、紙片。ずっしりと重たく、すでに腕がだるくなってきている。

珠華は永楽宮での任務を遂行しているが、子軌はそのまま、宝和の手伝いとして働いている。

不満なのは、珠華がいないせいか、宝和が子軌にこれでもかと雑用を押しつけることだ。

（この、お坊ちゃんめ……！）

顔をしかめ、子軌は内心で何度目かの悪態をつく。

宝和は同時にいくつもの案件を抱え、それぞれを並行してこなしている。子軌が抱えている資料も、実は時代や分類がばらばらだ。

現在、子軌たちは祠部の書庫にはない、金慶宮の資料室から持ち出した史料を祠部に運ぶ最中だった。

「張子軌」

「はい？」

ふいに宝和から呼ばれ、子軌は苛立ってぞんざいな返事をする。

「貴様、どうしてできないふりをしているんだ」

「……何のこと？」

「〝気〟を見、読むことだ。貴様、できないふりをしているが、本当はできているだろう。手練れの術者と同じ程度には」

さて、どう答えるかな、と子軌は思案を巡らせる。

今訊いてくるかとは思ったものの、特に動揺はしていなかった。鋭い人間なら当然、気づくものだと最初から覚悟はしていたからだ。

「ふりなんて、してませんけど」

いったん、はぐらかしてみる。宝和が引き下がるならそれでよし、引き下がらないならまた、別の言い訳を考えるつもりで。

「目的はなんだ。宮廷占師になりたいのなら、できないふりをするのは、なんの利点もない行為だ」

なるほど、どうやら、宝和は引き下がるつもりはないようだ。

(面倒だな)

子軌はこっそり、ため息を吐く。

千年前の記憶を持っている子軌にとっては〝気〟を読むことも、幽鬼を見ることも朝飯前だった。千年前は戦いの中に身を置いていて、そのくらいできなければ死んでいた。

けれど、生まれ変わって張子軌として生きるようになり、何もできないふりをしている。

理由は単純明快。——すべては、珠華のためだ。

珠華に何の憂いもなく、生きてもらいたい。だから、子軌は何も知らない幼馴染としてそばで彼女を見守る道を選んだ。彼女の安心できる居場所でありたかった。

だが、それを親切に教えてやる義理はない。

「どうだっていいでしょ、そんなこと。あんたに関係ある？」

わざと不遜な物言いで返し、子軌はすたすたと歩いていく。

子軌個人としては、宝和のことは評価している。多少、生真面目すぎるきらいはあるものの、珠華を外見や生まれで差別せず、まっとうに評価する姿勢は好感が持てた。

だからといって、宝和は珠華の絶対的な味方ではない。

（今一つ、素直に頼ろうって気持ちにならないんだよな）

まだどう転ぶかわからない以上、子軌のほうから手札をさらすつもりはいっさいない。

真面目に取り合わない子軌に、宝和は急に足を止め、振り返った。

「関係はある。貴様らの指導役だからな。……貴様は宮廷占師になるつもりはなく、延々と李珠華のあとをくっついて回るのが目的に見える」

「だからなに」

「意味のないことはやめろ」

宝和は初めから、これが言いたかったのか。

わざわざ忠告をしてくれるほど彼が子軌たちのことを考えてくれるようになったのはいいことだろうが、この件に関してはお節介だ。

「意味がないって、あんたに決めつけられる筋合いはないね。俺は自分でしたいようにしてるだけ、それで満足してるんだからさ」

子軌の答えを聞き、宝和は苦々しげにため息を吐いた。

「北領に伝わる有名な故事に、『嘆死凍涙』というものがある」

「は？」

「貴様を見ていると、いつもその話が頭をよぎる」

いきなり何の話をしだすのか。意図がわからず、子軌は困惑して眉を寄せる。

「聞いたことはあるか？」

「ありませーん」

故事というからには、昔の出来事なのだろうけれども、子軌は千年前と現在のことしか知らない。

心当たりがないので、正直に答えた。

「千年前の、悪鬼と初代皇帝が戦っていた時代の話だ」

「んん？　千年前？」

であれば、聞いたことがあるはずだ。しかし、再び記憶を探ってみても、やはり合致する知識はなかった。

（北領にも滞在したんだけどな）

劉天淵と星姫と、七宝将と、まだ全員揃っていなかった頃の四臣。皆で現在の陵国を巡った。雪深く、厳しい寒さの北領――朔領《さくりょう》もだ。

千年前といえば通常、劉天淵が旅をしていた期間を指す。

当然ながら七宝将だった前生の子軌もそこに居合わせていたが、ぴんとくる話は思い浮かばなかった。

「千年前に、何か？」

怪訝な目を宝和に向けられ、子軌は「いーえ」と躱す。

「続きをどうぞ」

「……続きも何もないが。北領のある男が、命と同じくらいに愛していた女を理不尽に亡くし、その死を嘆き、涙を凍らせ、空っぽになったという、くだらん悲恋の物語だ」

「はあ……？」

「女をすべてと思い、それを亡くしたら空になって生きる気力を失うなど、莫迦《ばか》らしいだろう。だが、貴様を見ていると、その物語の中の男と重なる」

「………」

子軌は口を噤む。

言い返すことはできなかった。前生での、星姫を失ったのちの自分を考えれば、とても他人事と切り捨てられない。

（俺もたいがいだからな）

知らない話だと軽く考えていたが、案外、痛いところを突かれてしまった。

「女に入れ込んで、己を見失うなよ。張子軌」

「別に、見失いはしないよ」

こぼした子軌の返答は、宝和にきちんと届いていたのか否か。それきり、宝和は何も言うことはなく、再び歩き出した。

二人はいつしか、慈宸殿に差し掛かり、永楽宮が少し離れたところに見えていた。

（珠華、元気にやってるかな）

翠琳が永楽宮に滞在している間、珠華も永楽宮に泊まり込みだと聞いた。

あれだけ念を押したのだから、身体には気をつけていると信じたいところだ。

「ん？」

子軌は視界の隅に、動く人影をとらえてそちらを見遣る。

永楽宮近くの歩廊を、女官が何人か歩いている。普段、この辺りではあまり女官を見かけないので、おそらく永楽宮に配属された女官だろう。

このまま進むと、すれ違うことになりそうだ。

予想どおり、宝和と彼の後ろを歩く子軌、そして女官の一団は、歩廊の途中ですれ違った。

女官の一団の先頭を歩く女性は、なんとも暗い空気をまとっている。

重たげな長い黒髪に、うつむきがちな姿勢。一言で表すなら、陰鬱《いんうつ》、だ。とはいえ、女官としての最低限の身だしなみは整っており、気にするほどではない。

(でも、何か引っかかるな)

子軌はすれ違ったあと、振り返ってその女官の後ろ姿をじっと眺める。

「宝和サマ」

「なんだ」

「さっきの女官さんたちの先頭を歩いていた人、なんというか……違和感？　のような……引っかかるところ、ありませんでした？」

宝和ならば何かに気づいたかもしれないと、訊ねてみる。すると、宝和は子軌と同じように振り返って女官の背を見遣り、「いや」と首を振る。

「特におかしなものは感じないが」

「そうですか？　何もないならいいけど……」

子軌は自分でもよくわからないまま首を捻り、また歩きだした。

＊　＊　＊

永楽宮に翠琳が滞在し始めて、二日が経った。

初日の騒動とは打って変わって、二日目は何事もなく過ぎ、三日目に突入した。

毒混入などの問題が起きなければ、永楽宮は平穏そのものである。

女官たちは和気あいあいと和やかな雰囲気で仕事に臨み、兵たちも注意は払いつつも、殺気立ったり、肩肘張ったりはしていない。

天気も悪くなく、晴れていると永楽宮の中も暖かい。

珠華は宮廷巫女として、常に〝気〟の流れを意識している。とはいえ、護符が破れるような事態にもならず、初日のような物々しさもすっかり鳴りを潜めて、長閑《のどか》な空気に身を任せるようになっていた。

ときに、秀雪に乞われて女官の手伝いをし、ときに、翠琳に白焔のことを語って聞かせる。二日目はそんなふうに過ごした。

「いでよ、我が眷属《けんぞく》！」

三日目の昼間。珠華は与えられた私室で、二枚の木札を持ち、唱える。すると、木札は一瞬にして、小さな動物の形に変化した。

「珊《サン》、琅《ロウ》。おはよう」

「珠華さま！　おはようございます！」

「ご主人様～おはよぉ」

薄桃色の小鳥と白黒の猫がそれぞれ、ぐっと伸びをしながら、いつものようにぴーぴー、にゃーんと挨拶をする。

いつ見ても愛らしいこの二匹は、珠華の式神である。珠華の手足として、いつもよく働いてくれる良き協力者だ。

「二人とも、さっそく仕事なのだけど、頼める？」

呼んで早々に頼み事をするのはいささか心苦しいが、主人に忠実で純粋な式神たちは快く了承してくれる。

「珠華さまの頼みとあれば、もちろんお聞きします！」

「おれもー、おれもー」

恭しく答えるサンと、のんびり毛づくろいしているロウ。二匹がまた喧嘩をし始めないうちに、頼んでしまおう。

「状況はわかっているわよね。私はこれから休憩で、外へ出てくるわ。あなたたちにはその間、この永楽宮を守っていてほしいの。お願いできる?」

「お任せください」

「がんばる!」

「よかった。じゃ、お願いね」

張り切る式神たちに警護を頼み、珠華は永楽宮をあとにした。

初日に入ってから、二日目も永楽宮を出ることがなかった珠華は、三日目にして外出できることになった。

特に外出を禁止されているわけでもないのだが、必要もなく、二日目は過ぎていってしまった。

だが、ずっと引きこもっているのも息が詰まってよくない。

主に秀雪の強い勧めで休憩時間を長めにとり、少し外へ出ることにした。

「祠部の官衙にも用はないし」

当てもなくただ歩き回るのも、時間がもったいない。

永楽宮の門を出て、しばらく歩いていると、慈宸殿が見えてきた。慈宸殿と永楽宮は後宮に近い。よって、慈宸殿と永楽宮の間もたいして距離はない。

「白焔様、今頃、真面目にお仕事しているんだろうな」

いきなり執務室を訪ねていってもいいだろうか。いや、皇帝の執務室になど、珠華がほいほい行っていいはずもない。

うーんと唸り、珠華は眉間にしわを寄せる。

（でもちょっとだけ……様子を見に行くくらいなら）

考えているうちに、足は自然と慈宸殿へ向かっていた。以前、文成に連れられて通ったことがあるので、道順はわかっている。

どうせ、途中で近衛に見咎められ、追い返されるだろう。そう予想しつつ、覚えての道を歩く。

（止められるまで進んで、止められたら素直に引き返す。それでいいわよね）

ただ白焔に会いたいからではない。臣下として、宮廷巫女として、白焔が天淵と問題なくやっていけているか、体調に問題はないか、確認するためだ。

やましいところは何もない。

言い訳がましく自分に言い聞かせ、珠華は慈宸殿に足を踏み入れる。

「……あら？」

しかし、想像とは異なり、意外にも咎められることはなかった。宮廷巫女の佩玉をつけているからといって、どうにも警備が薄すぎやしないか。

不思議な気持ちでいると、前方の角から曲がってきた人物が、珠華の進路の数歩先を歩き始める。

背が小さく細身の、見覚えのある後ろ姿だった。

「文成様？」

「あ、珠華どの！」

声をかけると、幼い顔立ちの青年が振り返って満面の笑みを浮かべる。

「どうも、こんにちは！」

「こんにちは。お仕事ですか？」

文成は大きくうなずく。

「はい。ようやく陛下も体調がよくなってきたみたいで、次々と政務をこなしていらっしゃるんです。ですから、自分たちも慌ただしくて」

「そうなんですか？　大変そうですね」

うきうきと弾んだ声と顔つきで言う文成はいつもどおり、あどけなく微笑ましい。

（白焔様、体調がよくなったのね）

思い返してみれば最近、白焔が珠華にしつこく求婚するようになってから、彼の不調な姿を目にする機会はなくなっていた。

元気そうだな、と単純に考えていたけれど、本当に体調が落ち着いたのなら喜ばしいことだ。

「珠華どのは、陛下に何か御用です？」

「あ……ええと、休憩で少し外の空気を吸おうと散歩を」

嘘ではないが、なんとなく本音を明かすのは避けた。今さら文成に己の乙女心を知られるのも恥ずかしい。

「そうですか。あ、だったら陛下にもお会いになります？　陛下も珠華どのが訪ねてきてくださったら、喜ぶでしょうし！」

無邪気に提案してくる文成に、珠華は「ははは……」と乾いた笑いでうなずく。

珠華の気持ちや、珠華と白焔の間にあったことなど、何も知らないはずなのに都合のいい提案をしてくれる文成に、少しばかり後ろめたくなる。

まあ、彼ならば、すべての事情を知っても変わらずにいてくれるだろうし、喜んだり、応援したりしてくれるだろうけれど。

「では、まいりましょう！」

文成の先導で、白焰の執務室に行く。執務室の前に着くと、文成が扉の向こうに声をかけた。

「ただいま戻りました！　文成です！」

「ああ、入れ」

扉に遮られ、わずかにくぐもった白焰の返事が聞こえた。それだけで、どきり、と珠華の心臓が大きく鳴る。

もう手遅れだが、急に執務室を訪ねてきたことに嫌な顔をされないだろうか。迷惑そうにされたら、さすがに悲しい。

文成が扉を開ける。すると、正面に机が見えて、そこで白焰が仕事をしており、手前の長椅子では墨徳が書物を何やら仕分けているようだった。

「書類は各部署に届けてきました。代わりに、新しくいくつか預かってきました」

「ああ。ご苦労」

机上からいっさい目を離さない白焰は、珠華が来ていることに気づいていない。

（これ、私が不意打ちをする好機じゃない？）

唐突に、むくむくといたずら心が芽生える。

あくまで仕事の邪魔はせずに、白焔に自然に驚いてもらおう。いつも珠華ばかり白焔に翻弄されているから、お返しだ。

気づいていないけれどどうするか、とうかがうような視線を向けてくる文成に、珠華は『黙っていてくれ』と無言で首を横に振ってみせる。

すると、墨徳が顔を上げ、珠華の存在に気づいたため、彼のほうにも唇に人差し指を当てて静かにしていてくれと頼む。

墨徳は何かを察し、苦笑いをしつつ肩をすくめた。

（さあ、どうしてあげようかしら）

考えていれば、墨徳がこちらに手招きしている。珠華は、音を立てないよう、そっと彼のそばに寄った。

「お疲れ様です、墨徳様」

「お疲れ様」

ひそひそと小声で挨拶を交わす。墨徳は続けて珠華の耳元で囁いた。

「君、白焔を驚かせようとしている？」

「はい」

「君がよければ、この書類を白焔に渡してきてくれないかな？　で、処理の済んだものを引き取ってきてくれる？」

それなら、自然に白焔に声をかけ、驚かせることができそうだ。さすが、秀才と名高い墨徳である。

「わかりました。ご協力、感謝します」

珠華はうなずき、墨徳が仕分け終わった書類の束を抱え、白焔に忍び足でそっと近づいた。そして、机の空いた場所に持ってきた書類を静かに置く。

未だ、白焔が珠華に気づく様子はない。

（だったら、第二段階よ）

珠華はにやり、と唇の端を吊り上げ、口を開いた。

「こちらの書類、引き取ってもよろしいでしょうか？」

「ああ、たの――」

普通に返事をしかけた白焔の、筆を動かしている手がぴたりと止まる。

「……は？」

吐息交じりの、間の抜けた驚きの声を上げ、白焔は勢いよくぐるりと首を回して珠華のほうを向いた。次いで、飛び退くように椅子を蹴倒して立ち上がる。

「珠華!?」

「はい。そうです。……で、書類は引き取ってもよろしいですか？」

「あ、ああ……」

驚きをあらわにする白焔の挙動がおかしく、腹を抱えて笑いたいのを我慢し、珠華は言われた書類を抱えて墨徳のもとへ運んだ。

その間、白焔は固まったまま、目をまん丸にしている。

「墨徳様、大変助かりました」

珠華が墨徳に頭を下げて礼を述べると、墨徳は忍び笑いを漏らして「気にするな」と手を振った。

「珠華、いつの間にここに？」

「ついさっきです。白焔様があまりにも私に気づかないので、ちょっといたずらを仕掛けてみました。驚きました？」

「ああ、お、驚いた……」

白焔を驚かせよう作戦、大成功である。白焔に一泡吹かせられて満足だ。

珠華はにやにやと笑うのを止められなかった。が、なぜか、急に真顔になった白焔が近づいてきたので、珠華は笑いを引っ込める。

「白焔様？」

「……珠華」

そう、一度だけ名を呼んだ白焔は、珠華が何かをしゃべる前に、流れるような動きで珠華を抱きしめた。

「は、白焔様！　なに、なにを、こんな、皆の前で！」

突然の抱擁《ほうよう》に、今度は珠華のほうが動揺してしまう。

背にまわる、しっかりとした腕の感触。何度抱きしめられても、まったく慣れない。心拍数が、一気に上がる。

しかも今、周りには文成も墨徳もいる。

見られているのが恥ずかしいだけでなく、彼らが珠華たちを見ないように気を遣っているのがわかり、なんとも居たたまれない。

「大丈夫だ、やましいこともいやらしいこともしていない」

「は？」

「そしてこの俺に抱かれて、喜ばぬ者はいない。男でも女でも」

「どんな自信ですか。今！　このとき！　私は嫌がっていますが!?」

「気にするな」

「私が気にします！　というか、こういうやりとり、もう飽きました！」

軽口を叩き合っている間も、珠華は自分の体温がどんどん上昇しているのを感じる。発熱しているかのように、全身が熱い。

白焔は珠華を抱きしめたまま口は動かしても、身体は微動だにしない。

「可愛らしいいたずらを仕掛けて、俺を驚かせ、喜ばせたそなたが悪い」

「や、やめてください。なんだかちょっと気持ちが悪いですよ！」

「はっはっは」

せっかく白焔を翻弄してやろうと思ったのに、結局、珠華のほうがやり込められている。やはり、白焔には敵《かな》わないのだろうか。

いや、このまま流されてはいけない。

ここは毅然と意思表示しなければ。

珠華は必死にもがき、強く巻きついた逞しい腕をなんとか引きはがすと、白焔の胸を押し返して離れる。

「どうした、珠華」

腕を広げたまま、『ほら、まだ抱擁が途中だぞ』と言いたげに首を傾げる白焔。そのきょとんとした表情に、妙に腹が立った。

「いりません、軽率に抱きしめるのは」

「軽率ではないが」

「それに、こんなことをしている場合ではないんです」

「こんなこととはなんだ。こんなこととは」

「私、白焰様に言いたいことがあります」

白焰の抗議を無視し、珠華は咳ばらいを一つして居住まいを正す。

彼に伝えなければならないことがある。此処に来たかったのは、本当はそのこともあったからだ。

「なんだ？」

「――私、皇太后陛下に白焰様のことをお話ししています」

ぴく、と白焰の片眉が動いた。聞き耳を立てていたらしい文成と墨徳も、息を呑む。

最初は、珠華もこれを白焰に報告するか、少し迷った。

部外者の珠華が、二人の関係に口出しすべきではない――翠琳に白焰の話をしてほしいとせがまれたときから、重々承知している。

だが、白焰のことを聞いてうれしそうにする翠琳を見ていたら、揺らいだ。

珠華が白焰と出会ったときのこと。夏に、南領の栄安市に行って事件を解決し、星の大祭を楽しんだこと。宮廷巫女になった祝いに、白焔が宴会を開いてくれたこと。

知っている白焔の姿を、珠華は伝えられるだけ、翠琳に伝えた。

白焔と一緒に大妖と対峙した話をしたときは怖がったり、星の大祭にて二人で屋台の菓子を食べた話をしたときは顔を綻ばせたり。

翠琳は白焔の話を、心の底から喜んで聞いているのだ。

（二人のことに首を突っ込むべきじゃない。でも、何も言わないのは違うのかもしれない）

白焔本人に黙って、勝手に翠琳に彼のことをべらべらしゃべるのも、よく考えたらおかしい。

だから一応、報告、というていで白焔に話しておくことにした。

もちろん、珠華からああしろこうしろとは言わない。翠琳にだけ白焔の話をして、逆をしないのは、公平ではない。ゆえに、珠華はできるだけ淡々と、自分にできる話をする。

「もちろん、変なことは言ってません。ただ、私が出会って、見てきた白焔様の姿を」

「……なぜ」

白焔の腕がだらりと力なく下がる。唇は強く引き結ばれ、伏せられた翠の目は床のどこかを見つめているようだ。

怒り、悲しみ。

どちらもあるようだったし、どちらでもないようでもあった。

「勝手にしゃべってすみません。もし、白焔様がお嫌なら、翠琳様のお願いはもう聞きません」

「いや……」

白焔は緩慢に首を横に振った。彼がどんな反応をするか、珠華は固唾を呑んで待つ。

白焔が再び口を開くまで、永遠みたいに感じられる時間が経つ。

あまりに沈黙が息苦しくて、珠華は続けて事情を細かく説明したほうがいいかと、何度も考えた。けれど、どんな言葉もしっくりこない。

「俺のことは……母、のほうから？」

「あ、ええ、はい。皇太后陛下に呼ばれて、頼まれたんです。白焔様のことを聞かせてほしいと」

「そうか……」

はあ、と白焔は肺の中のすべての空気を吐き出すくらいに、大きく息を吐いた。そうして、全身から力を抜いて額に手をやり、宙を仰ぐ。

どこか安堵したような、そんな仕草だった。

「白焔様？」

「すまない、珠華。困らせただろう。俺は母について、そなたに何も言っていなかったからな。あんなに顔を合わせていたのに、母が来ることを黙っていたし」

「いえ、そんなことは……まあ、少し悩みましたけど」

「だろうな。別に、いくらでも話してくれてかまわぬ。俺は誰に何を言いふらされようと後ろめたくも、恥ずかしくもないからな」

口角を上げ、いつもと同じ自信満々な笑みを浮かべて、さりげなく胸を張る。

「あっそうですか。……心配して損した」

「そう言うな。しかし、そうだな。そなたが母に話をしてくれてよかったのかもしれぬ」

白焔の目が一瞬、遠くを見つめた。

「俺は母にどう接したらいいのか、わからない。母を好きでも嫌いでもないからだ。だから、母と会うことを避けていた。だが、本当は……胸の奥の奥で、ずっと引っかかっていたんだろう。この前、文成に『母親に対しては珍しく辛辣《しんらつ》だ』と指摘されたとき、気づいた」

「………」

「そして、珠華のおかげで、母も俺のことを気にかけているらしいことがわかった。なんだろうな、互いに気にしているのに、避け合っているのだと……莫迦莫迦しく思うと同時に、ほっとした」

珠華には血の繋がった親がいないから、白焔の気持ちの本当のところはたぶん理解できていない。

珠華にとっての親代わりは燕雲だ。

彼女は血の繋がらない珠華を守り、育ててくれた。血が繋がっているのに、互いに避けている白焔と翠琳の関係とは、真逆だ。

けれど、白焔の態度を見ていたら、きっとこれでよかったのだと安心できる。

「これ以上、俺と母、二人で珠華を通して『どうだった？』と訊ね合うほど間抜けなことはない。……会ってみるか」

「皇太后陛下と？」

「ああ。二人して遠くから探り合っていても、埒《らち》が明かないからな」

おそらく、白焔は珠華が何も言わなくとも、最後の最後には翠琳に会いに行っただろう。

しかし、少なくとも白焔は、これでいくらか穏やかに翠琳と対面し、話せるはずだ。

よかった、よかった、と珠華が一人うなずいていると。

文成もうれしそうに頬を緩め、墨徳も瞑目して柔らかな笑みを口許に湛《たた》えていた。

おそらく、彼らも密かに白焔と翠琳の関係を気にかけていたのだろう。

「珠華。ありがとう」

「いいえ。私は、何もしていませんから。皇太后陛下ときちんと話してくださいね」

白焔の感謝の言葉を、珠華は穏やかな気持ちで聞いた。


白焔と翠琳の話題が一段落すると、白焔は「俺からも話がある」と言って、珠華だけを執務室に残し、文成と墨徳を外へ追い出してしまった。

(白焔様、どうしたのかしら)

あらたまって二人で話をしたいと言われると、若干、警戒心が芽生えた。ほんのりと心が温まったあとでどんな話をされるのだろう。

珠華は白焔の指示で、長椅子に彼と並んで座った。

「ええと、話とは?」

「ああ。実は、天淵のことで一つ、知らせたいことがあってな」

「え、天淵さんの？　もしかして何かわかったのですか」

思わず、珠華は身を乗り出した。

天淵の記憶をよみがえらせるため、術を試したのはつい先日のこと。まだ新たな手立ては見つかっていない。

もし、白焔のほうで気づいたことがあるのなら、どんな小さなことでも今はありがたい。

真剣に白焔を見つめる珠華に、白焔はさらりと衝撃的な告白をした。

「どうやら、天淵の記憶を、俺が見ているらしい」

「え？　……え？」

意味が、瞬時に理解できなかった。予想を大幅に超えすぎていて。珠華が呆然としていると、白焔は腕を組み、悩ましげに眉を寄せて説明する。

「いや、夏からずっと、おかしな夢や白昼夢をよく見ていたんだが。だんだんと、それが誰かの記憶なのではないかと思うようになってな」

「それが、天淵さんの記憶だったんですか」

「だろうな。現在に残る天淵の伝説をなぞったような内容なのだから」

「……夏からずっと？」

「ああ。そこが腑に落ちないところでな。そういったおかしな記憶を見るようになったのは正確には天淵と会う前なんだ。ゆえに無関係かとも考えたのだが……」

「無関係ではないでしょう」

珠華は冷静さを取り戻そうと、必死に自分を宥めながら返す。

白焔に告げられた内容は衝撃的すぎた。

白焔が天淵の記憶を見ている？　いったいなんなんだ、それは。まったく、想定もしていなかった。

確かにとり憑いている霊の記憶を、憑かれている人間が追体験することは、ありえないとは言えない。とり憑き、とり憑かれれば、その霊と人の〝気〟が混じり合うからだ。

その〝気〟に刻まれた濃く、深い強烈な記憶が共有される可能性は、十分にある。

しかし、そのせいで天淵の記憶が戻らないというのは正直、意味がわからなかった。

「たぶん、天淵さんの封印が解けたそのときから、似通った魂である白焔様と天淵さんは遠く離れていても引かれ合っていたのだと思います。……でも」

「ありえないことなのか？　この状況は」

「わかりません。前例を、私は知らないので」

ただ、話を聞いて納得することもある。

夏からの白焔の不調はおそらく、多忙によるものだけでなく、流れ込んでくる天淵の記憶に対する軽い拒否反応のようなものだったのだ。

いくら似ている魂、および〝気〟の持ち主だったとしてもまったく同一の人間ではない以上、記憶や性格の不一致などを身体が拒絶してしまう。

最近になって体調が良くなってきたのも、たぶん、そういった齟齬《そご》に白焔の身体が慣れ、拒否反応がおさまったからではなかろうか。

珠華は顎に手をやって、深く考え込んだ。

「老師《せんせい》なら、何か知っているかもしれません。訊いてみれば早いですが、いかんせん、数日の間、私が店に帰れないので……どうしようも」

「どうにか、記憶を移し替える、といったことはできないのか？」

「難しいです。混じり合った〝気〟を分離するには、とり憑いている天淵さんを引き離すのが一番ですが、それで上手く記憶が移るとは思えなくて」

とにかく思い当たる前例のない特殊な状況なので、珠華には判断がつかない。しかも、皇帝の身に起きていることをむやみに訊ねてまわるのもまずい。

「白焔様。最近は体調がいいと文成様に聞きましたが、本当に大丈夫ですか？」

「うむ。それは問題ない。記憶を移す手段を見つけるまで待てと言うなら、いくらでも待てるぞ」

したり顔をする白焔は、平常どおりだ。

珠華がざっと観察したところ、白焔の〝気〟に異変は見られない。だが、だからといって、安心しきるべきではないだろう。

なんだか、ますます複雑で、面倒な事態へ発展している気がする。たぶん、珠華の気のせいではない。

天淵が記憶を失っているだけならば、まだいくつか対処法を思いついたけれど、今回はさっぱりだ。

「急かすつもりはない。珠華、そなたの負担にならない程度に、探ってくれればよい」

「いえ、でも、そんなにお待たせするわけには」

「なあ、珠華。今の状況には、何か意味があるとは思わぬか」

「意味？」

「ああ。普通ならば滅多に起きないことが、よりにもよって、この俺と天淵に起きているのだ。なんらかの――それこそ、神か星姫かの意思が働いているとは考えられぬか」

事象に証明不能な意味を見出すこと。それは通常、事件解決という観点において客観的視点を損ない、しばしば邪魔になる行為だ。

けれど、この国では星姫の存在は決して無視できない。無論、その意思も。

(いいえ、あまり考えてこなかったけれど……星姫にかぎらず、この状況が誰かの、何らかの意図によって生み出されている可能性だって、ないわけではないわ)

そもそも、天淵の封印を破った犯人はすでに見つかったが、下っ端には何も知らされておらず、指示したとされる陶説は暗殺された。

もし、その上にさらに指示した人間が存在して口封じなど手を回し、現状を作り出したのだとしたら——。

(さすがに考えすぎかしら……)

珠華がうんうん唸りながら思案していると、そろりと、音もなく白焔の手が忍び寄ってくる。

「白焔様」

「なんだ?」

「その手をどうされるおつもりですか?」

珠華は隣の白焔を横目で軽く睨みつける。

「二人きりだからと、不埒《ふらち》なことをしようとしていませんよね？」

「ほう、不埒？」

「だって、人前で抱きしめてくる方ですし、もう信用なりませんよ」

「それは残念だ」

だったらもっと残念そうな顔をしなさい。珠華は際限なく悪態をつき続けたくなる衝動を抑え、立ち上がった。

ひとまず、今日のところは永楽宮に帰ろう。此処でできることはない。

珠華の考えを察したのか、白焰もやや神妙な面持ちになり、腰を上げた。

「戻るのか？」

「はい。いつまでも休憩しているわけにはいきませんから」

「面倒ごとを増やして、すまないな」

今さら、殊勝な態度をしてみせたって遅い。珠華がこれまで何度、白焰の持ってくる面倒ごとに付き合ったか、己の胸に手を当ててよく考えてみてほしい。

「帰ります」

「……また、来てくれ。いつでも待っているから」

珠華は少し悩み、白焰の右手をとる。その手を自分の両手で包み込んで自分の額に近づけ、しばらく目を閉じた。

硬い手だ。何度も剣を、筆を握り、奮闘してきた彼の手。

それでも決して、苦しそうな姿や、弱った姿は見せない、誰よりも実力の伴った自信家であり続けようとする、珠華が支えたい男の手だ。

「珠華？」

「気が向いたらまた来ます」

手をぱっと離し、わずかに微笑んで白焔を見る。——好きだな、と思う。

彼が。彼と他愛のない会話をし、彼と過ごす時間が。

自分でも、どうしてと疑問を抱かざるをえない。どこをどうとっても、面倒な人に違いないのに。

（もしかして私、男の趣味悪い？）

いや、まさか。

とても信じたくない現実から目を逸らし、珠華は執務室をあとにする。

面倒ごとは増えたものの、永楽宮での任務で張りつめていた気持ちが少しだけ、楽になったようだった。

＊＊＊

夜更け。永楽宮は、門前や玄関前に灯された警備のための松明《たいまつ》を除いて明かりが落とされ、客人たる翠琳も、その侍女も、女官たちもすでに寝静まっている。

闇に包まれた永楽宮の中は、窓の隙間から差す、星と月の光だけがほのかにあたりを照らしていた。

寝台で眠っていた珠華は、ふと、瞼を開ける。

深い眠りに落ちていたものの、何か、そう、急に強い光を顔に近づけられたような、冷たい水滴を落とされたような、そんな刺激を感じたのだ。

（な、に？）

まだ完全に覚醒しきれていない、ぼんやりとした頭のまま、鈍い身体を起こす。

しかし、珠華がその刺激の発生源を探し始める前に、珠華の足元で丸くなって寝ていた猫の姿のロウと、同じくうずくまって寝ていた小鳥の姿のサンが、同時に飛び起きた。

「ご主人様！」

「珠華さま！」

「どうしたの、二人とも」

眠い目をこすりながら、珠華もだんだんと意識をはっきりさせていく。

「おかしな〝気〟です。敵意と殺意が混ざった——」

サンが警戒心を剝き出しにした硬い口調で答えた。

「なんですって？」

急いで感覚を研ぎ澄ました珠華は、すぐさま、サンの言っていた〝気〟を感じとる。

敵意も殺意も、ほんの些細なものであれば、眠っている珠華が目を覚ましたり、式神たちが飛び起きたりしない。けれども、これは。

（明らかな敵襲！）

珠華は寝台から勢いよく飛び出して、部屋を出る。

廊下には誰もおらず、しんと静まり返っている。おかしな物音や人の気配もしない。

だが、敵の〝気〟は間違いなく近づいている。

（どうする!?）

敵の狙いまではわからない。誰を、どこを守るか……珠華が迷ったのは一瞬だった。

守るべきは、翠琳だ。たとえ彼女が敵の標的ではなかったとしても、彼女を守りに行くのが正解である。

「サン、祠部の官衙に長官がいるはずだから、知らせて此処に連れてきてちょうだい！　ロウは私と来て！」

「わかりました、ひとっ飛びで行ってまいります！」

「おれ、がんばる！」

珠華が翠琳の部屋に向かって駆け出すと、サンは永楽宮の外へ向かって翼をはばたかせ、ロウは人間の少年の姿に化けて珠華の後ろをついてきた。

翠琳の部屋は遠くない。扉の前には警備の兵が二人、立っている。

「すみません！」

「なんだ？」

走ってきた珠華が声をかけると、胡乱《うろん》な目で兵が問い返してくる。

「敵襲です！　今すぐ、皇太后陛下の安全を確保してください！」

「は？　そんな様子はまったく――」

「いいから！　早くしてください！」

勢いあまって珠華が怒鳴ると、兵の二人はびくり、と肩を震わせる。そうして二人で顔を見合わせ、どちらからともなく扉に手をかけた。

珠華は扉が開ききるまで待たずに、翠琳の寝室に駆け込んだ。

「皇太后陛下！」

むやみに大声は出さない。あくまで声は小さめに、呼気を多くして囁くように眠っている翠琳に呼びかける。

「ううん」

眠りを邪魔された翠琳は眉を寄せ、うっすらと目を開けた。

「珠華さん……？」

「皇太后陛下、敵です。もしかしたら陛下が狙いかもしれません。逃げる準備を」

そんなやりとりをした、まさにその瞬間、激しい音を立てて部屋の窓が外から乱暴に開かれる。強い力を受けた窓は、そのまま外れて床に落ちた。

「きゃあ！」

翠琳の悲鳴が響いた。

振り返った珠華の視界に、窓から侵入する顔を隠した賊《ぞく》が映る。

服装は黒を基調とした特徴のないもので、持っている武器の類も無銘らしきものばかり。身分や所属は特定できそうにない。

だが、体格からしてそれなりに鍛錬を積んだ男であるのは間違いない。

妖怪相手ならともかく、生身の人間、しかも腕力のある男が相手では、珠華は圧倒的に不利だ。

「ロウ！　お願い！」

「まかせて！」

珠華が叫べば、後ろをついてきたロウが棍《こん》を手に、直ちに賊に向かって飛び出していく。

賊は、窓から次々に入ってくる。

現在、部屋には四人が侵入しており、そのうちの二人はロウが棍で相手をし、あとの二人はそれぞれ、部屋の前にいた兵たちが食い止めている。

（四人で全員？　それとも）

賊がこちらを殺そうと襲ってきているのは明白。

しかし、その敵意がいったいどこへ向かうものなのかはあやふやで、どうもつかめない。

おまけにこれだけ人間が集まっていると〝気〟の流れが入り混じり、賊の正確な人数を特定するのも困難だ。

（とにかく、私は皇太后陛下を守らないと！）

どこから新手が現れてもいいように、常に警戒を怠らない。

翠琳の様子をうかがうと、彼女は歯の根が合わないほど全身をひどく震わせて、ひゅう、ひゅう、という間隔の短い呼吸をし、怯えている。

できれば励ましたいが、珠華も必死だ。

「ぐ……っ」

にわかに、低いうめき声が上がる。見れば、警備の兵の一人が賊の刃に倒れるところだった。

(まずい)

兵は身に着けた鎧の隙間から、太刀で脇腹を貫かれている。あの深手では、もう戦えない。

もう一人の兵はまだ堪えているものの、押されているし、ロウは手が離せない。

珠華は唇を嚙みしめ、護符を構えた。

背に翠琳を庇いつつ、向かってくる賊を真正面からねめつける。

室内で人相手に退魔の術は意味がなく、火や強い威力の術を使うわけにはいかないうえ、対人用の呪詛などは効き目が出るまでに時間がかかる。このような戦闘には向かない。

「皇太后陛下、後ろを向いてください！」

珠華は叫び、手にした護符を賊に投げつける。宙に舞った護符は、賊の眼前で眼球を突き刺すほどの強い閃光を放った。

「うっ」

賊は目を眩《くら》ませ、短く呻いて顔を背ける。その間に珠華は「失礼します」と翠琳の手をつかみ、半開きの扉を荒っぽく蹴り開けて部屋の外に出た。

だが、遅かった。

ちょうど、廊下からもう一人の賊がこちらへ向かってきている。

舌打ちしそうになるのを堪え、珠華は反対へ駆け出そうとするが、賊が珠華と翠琳に気づいて回り込んでくるほうが早い。

足をもつれさせる翠琳を引っ張って賊から逃れるのは、もう不可能だ。

（そんな）

賊が、太刀を振りかぶる。やけに遅く見えるその動きに、珠華は咄嗟《とっさ》に翠琳の身体ごと横に倒れ込んで避けた。

しかし、次はない。賊の手が珠華の首に伸びて、しっかりと摑まれ、締め上げられる。

「う、ぐぅ」

痛い。苦しい。息が、できない。

「しゅ、珠華さ、ああ……っ」

翠琳の悲鳴が遠い。空気を求めて口を開けるけれど、まるで入ってこない。爪先は地面についているけれど、踏ん張ることができずにばたつくだけだ。

(苦しい……!)

意識も視界も、どんどんかすんで、遠ざかっていく。

ところが、前触れなく、急にその痛みと苦しみから解放された。

「ごほ、ごほっ」

地面に投げ出され、一気に肺に入ってきた空気に咳き込む。

咳に苦しみながら目を開けると、珠華たちと賊との間には、ほどよい筋肉のついた広い背をこちらに向けた青年がいた。彼の細い剣が、地面に膝をつく賊に突きつけられている。

刃だ。賊よりも濃く、密度の高い昏い〝気〟をまとった彼が、珠華と翠琳を守っていた。彼が賊を珠華から引きはがして、弾き飛ばしたのだろう。

「下がっていろ」

初めて聞く刃の声は、案外、若く高い。だが、感情は少しもこもっておらず、空虚で淡々としているため、低くも聞こえる。

珠華は喉を押さえ、咳をしながらうなずき、翠琳を連れて下がる。下がりきる前に、刃はすでに賊の太刀をいなし、斬りかかっていく。

刃の剣技は、すさまじかった。

まず、剣の動きが素早すぎて、目で追うのも一苦労だ。次々に繰り出される攻撃に、相手も防戦一方、捌ききれず徐々に傷を負う。太刀と剣のぶつかり合う音は重たく、刃の剣が速さだけでなく、重みもあることがわかる。

圧倒的な実力差。あっという間に賊は斬り伏せられ、刃はそれで休むでもなくすぐさま部屋の中に入り、兵が苦戦していた賊や、珠華が目くらましをした賊に斬りこんだ。

（強い……）

これまで、いろいろな猛者を見てきた。その中でも、彼の剣は別格だ。

将軍のお墨付きだという白焰も、ここまでではなかった。

群を抜く技と実力、そして、戦闘に対する慣れや経験。彼の放つ剣技からは、他にはない老練さが滲み出る。

「ちょ、待て！」

ロウが相手をしていた賊二人が、強者を先に集中攻撃することにしたのか、刃に殺到した。抗議するロウには見向きもしない。

と、思いきや、ロウが相手をしていた賊二人のうち、一人は刃に斬りかかり、もう一人が珠華たちのほうへ近づいてきた。

てっきり刃のほうへ行くと思っていたので、珠華はかまえる暇もなく、こちらに剣を向ける敵に反応できない。

（まさか、こっちに来るなんて……！）

刃は三人を相手にしてもまだ余力がありそうだったが、珠華たちを助けに来てくれる様子はない。

「うそ、いや……っ」

「させるか！」

悲鳴を上げ、珠華と翠琳はそろって顔を背ける。が、その攻撃は、慌てて回り込んだロウが防いだ。

もしロウがいないか、もしくは傷つき、動けなくなっていたらと思うと肝が冷える。

ロウは賊の太刀を弾き飛ばし、身軽に宙を舞うと頭に思いきり棍を叩きこむ。

一対一ならば、ロウもこのような賊には負けない。

「ご主人様、大丈夫だった!?」

「ええ。大丈夫。ありがとう、ロウ」

「よかったぁ」

幼い面立ちの少年の姿で、ロウは気の抜けた笑みを浮かべ、ほっと胸を撫で下ろす。

一方、刃は賊を一人倒してしまうと、立て続けに残りも斬り伏せた。

鮮やかな手並みで、しかも彼は少しも息が上がっていなかった。

ロウは式神で常人離れした体力があるのであまり疲れを見せないが、人間であるはずの刃があれだけ動いて呼吸を乱さないとは、大したものである。

「刃さん、ありがとうございました」

珠華はできるだけ折り目正しく、礼を述べる。刃は横目でちらりと珠華たちをうかがい、「いや」と聞こえないくらいの小声で返事をした。

(でも……)

礼は述べたものの、刃の行動に違和感を覚える。

あのとき、刃はわざと珠華たちに向かってくる賊を見逃したような——気のせいだろうか。

珠華は戦闘には詳しくない。よって、確かなことは言えないが、あのとき、刃は賊の足を止めようと思えば、止められたように見えたのだ。

三人の敵を相手にしていても。

(まさか……そんなこと、ないわよね？)

刃は珠華たちの窮地を救ってくれた。自らが救った者をまた窮地にさらすことに、何の意味もない。

ずっと、引っかかっている。刃の異様な〝気〟が。

だが、刃について深く考えている余裕は、今の珠華にはなかった。

「翠琳様、お怪我はありませんか？」

「……え、ええ」

床でうずくまる翠琳は、苦しそうに忙しなく息をして珠華の問いにうなずく。

珠華は翠琳に寄り添い、彼女の薄い背をさすった。

そうして、すぐに自分の過ちに気づく。

「あっ……申し訳ございません。私、皇太后陛下のことを馴れ馴れしく御名で……」

ようやく呼吸が落ち着いてきた翠琳は、真っ青な顔のまま、それでも弱々しい笑みを作って、「いい、のよ」と珠華を許してくれる。

「好きなように、呼んでください。珠華さんは、わたくしを一度ならず二度までも助けてくれた恩人なのですから」

「……恐れ入ります」

答えた珠華を、翠琳はふわり、と両腕で抱きしめた。あまりに唐突な抱擁で、珠華は呆気にとられて固まる。

「珠華さん、本当にありがとう。あり、がとう……」

「いえ、私は」

「あなたがいなかったら、わたくしは」

ありがとう、ありがとうと、ひたすら繰り返す翠琳は震えている。

けれど、互いのぬくもりが伝わって、生きていることを実感できた。翠琳もきっと、体温を感じて安心したいのだろう。

「あなたが、いてくれてよかった」

翠琳の言葉は、真っ直ぐだった。そんな率直な感謝が、珠華のまじない師としての誇りを高め、奮い起こしてくれるようだ。

しばらくすると、侍女や女官、他の兵たちも慌ただしく到着する。その中には当然、秀雪と王蓉の姿もあった。

彼女たちも相当慌てていたのか、寝間着に上着を羽織り、簡単に髪をまとめただけの格好をしている。

「皇太后陛下はこちらへ」

翠琳の侍女が、翠琳の身体を支え、新しい部屋へと誘導していく。珠華は彼女の後ろ姿を見送り、ひっそり息を吐いて安堵した。

やはり、貴人を連れていると普段以上に緊張し、気を張る。

翠琳のことは嫌いではないけれど、一緒にいると息をつくのもなかなか憚《はばか》られた。

「災難だったね」

「ええ」

秀雪が珠華の肩を軽く叩き、そう労ってくれる。

「でも、あなたが一番に賊に気がついたんだって？　お手柄だね」

「たいしたことはできていないわ。気づいただけで、私自身は戦えなかったもの」

対人戦闘がからっきしなのが、悔やまれる。もっと珠華が人との戦いに慣れていれば、きちんと翠琳を守れたのに。

無論、まじない師や術者という人種が、そういったことを不得手とするのは当たり前であり、どうしようもないことであるともわかっている。式神を使役するのも、そのためだ。

ただ、歯痒いものは歯痒い。

「何言ってるの？」

悔しくて絞りだすように言った珠華に、秀雪はきょとんと目を瞬かせる。

「え？」

「あたしたちが戦えないのなんて、当たり前でしょ。腕力だって体力だって、男性に劣るんだから。珠華さんは宮廷巫女なんだし、〝気〟を読んでそうやって皆に危機を知らせられるだけで十分、役に立ってる。適材適所だし、むしろその上に戦いも、だなんて逆に望みすぎだよ」

「あ……」

秀雪の言葉は、『それはそうだ』と珠華を納得させた。

悔しいけれど、一般的に女は力で男に劣る。肉弾戦では歯が立たない。けれど、珠華は秀雪の言うとおり、細やかに〝気〟を読める。それで、役に立っているのだ。

「王蓉さんもたぶん、珠華さんのことを頼りにしていると思うわ」

「そうかしら？」

秀雪が言ったのを聞いていたのか、珠華が王蓉を見ると、彼女は小さく会釈する。

それから、王蓉はこちらへ歩いてきて、懐から出した手巾を珠華に差し出した。

「お顔に少々傷が。これを使ってください」

「あ、ありがとう……」

聞き取りにくいわけではないけれど、ぼそぼそと低い声。けれど、王蓉が珠華を気遣ってくれたのが、たいそううれしい。

自然と、頬が緩む。

（この手巾、香が焚き染《し》めてあるのね……いい香り）

どこかで嗅いだ記憶のある上品な香りの白い絹の手巾は、汚れを拭くのがもったいない。

「どうぞ、気にせずお使いになってください」

王蓉に促され、珠華は手巾で顔を拭く。すると、確かにわずかに血がついた。気づかないうちに、切ってしまっていたようだ。痛みもほとんどないので、そう深い傷でもないだろう。

「助かりました。……これ、洗って返します」

「平気です。そのままで」

素っ気ないほどきっぱりと王蓉が言うので、珠華は申し訳なく思いつつも、汚れた手巾を王蓉に返した。

王蓉の表情は相変わらず陰気ではあったが、その親切さに、安心する。

長く職場をともにするわけではないとはいえ、柄にもなく、もっと仲良くなれるかもしれないと期待してしまう。

そんな珠華のもとへ、小さな鳥の羽ばたく音が空から近づいてきた。

(サン、戻ってきたのね)

手を上に出すと、そこに、薄紅の羽毛に覆われた小鳥がひらり、と舞い降りる。

「珠華さま、ただいま戻りました！」

「ご苦労様、サン」

「羽長官に知らせてきました。もうすぐこちらに到着されます」

「ええ、ありがとう」

報告を終えたサンは鳥の姿のまま恭しく一礼し、そばに控えていたロウの頭上に飛び移った。

「すごーい……式神って、かわいいし役に立っていいな」

秀雪がうらやましそうに、まじまじとサンとロウを見つめている。

「練習したら、あたしにも作れる？」

「それは難しいわね。式神を作って動かすには〝気〟を読んで操れないといけないの。生まれつき〝気〟を見て、触れられる才能が少しでもあれば可能性はあるけれど」

「そっかぁ、残念」

無念そうに肩を落とす秀雪に、珠華は苦笑する。

珠華の式神は、召鬼法を用いている。

死んでいる、もしくは今まさに死にかけている人や動物、妖怪の魂が〝気〟の流れに還る前に、術者が彼らに契約を持ちかけ、眷属にする。これを召鬼法といい、術者は延命措置を、彼らは労働力を差し出し、引き換えにする契約が基本だ。

そうして契約したのち、その魂に形あるものを媒介として与え、実体を持たせる。珠華の式神たちの場合は木札である。そうすることで、魂だけの存在も実体を持ってこの世に存在することができるのだ。

あるいは採用試験のときのような、簡易的な式神ならば、そこまでは必要ない。魂を入れるのではなく、木札や符に〝気〟をまとわせて術者が直接操って動かすからだ。

ただし、その場合の式神は一つか二つの簡単な命令をこなすことしかできず、サンやロウのような意思をもった動きはできない。

もっと難易度が高くなると、生きたままの妖怪と直接契約を交わし、使役する術もある。春に、後宮で何桃酥が用いていたような術だ。しかし、あのとき術を破って大妖が暴走したように、危険が常につきまとう。

どれにしろ、素人には使用が困難なものばかりだ。

「さて、じゃあこの後は報告ね。頑張ろう！」

秀雪が拳を突き上げる。それに、珠華もうなずいた。

徐々に空が白んで明るくなってきている。どうやら、夜明けが近いらしい。結局、寝られないまま朝になってしまいそうだ。

けれども、ここまでの騒動だ。しばらくはろくに休めないことも覚悟せねばならない。

「はあ……」

珠華は急に怠くなった身体に鞭打って、ため息を吐いてからなんとか顔を上げたのだった。

どことなく、未だに漂い続ける鋭く嫌な〝気〟――殺気に、寒気を覚えながら。

四　まじない師は再会に立ち会う

頭が痛い。瞼が重い。身体が上手く動かない。

りー、りーと盛んに鳴く外の虫の音と、ずきずき響く頭痛の二重奏に辟易しながら、珠華は祠部の官衙内にある机に、ほとんど半死半生状態で突っ伏していた。

大変な騒動があったその後、さらに大変な目に遭った。

上司である法順をはじめ、さまざまな立場の人間への報告。同じことを繰り返し、何度も、何度もだ。また、さらに同じ内容の報告書の作成に、現場の調査への立ち会いや、事件に関する証言、検証など。

毒が見つかったときとは比べ物にならないほど、当事者である珠華は事後処理に追われた。

夜中に叩き起こされ、騒動に巻き込まれて、その時点でとっくに疲労は募っていたのに、さらにあちこちに引っ張り出されて満身創痍《まんしんそうい》だ。

祠部には数日ぶりに戻ってきたが、法順とともに白焰のもとへも直接報告しに行ったり、他、もろもろの書類を提出したりと心休まるときはなかった。

「……眠いわ……」

今にも意識を手放してしまいそうだが、用が済んだのなら早く永楽宮に帰らねばならない。

さすがに永楽宮にたどり着いたあとの通常業務は免除されている。

とはいえ、その永楽宮に戻る力を振り絞るのがもう億劫でしかたなかった。

(気になることも多いのよね)

度重なる事件と、それに付随する違和感たち。それが珠華の中で、慌ただしかった今日一日ずっと引っかかっていた。

だが、落ち着いて考える時間も気力もなく、こうして一日が終わろうとしている。

「とにかく、早く帰りましょう。そして、きちんと休んでからでないと」

珠華は独り言ちて立ち上がる。同じ部屋では何人か、机に向かって仕事をしているが、珠華を気にかけることはない。

化け物を見る目で見られなくなっただけで、珠華への彼らの対応は普段からこんなものである。

永楽宮では明るい性分の秀雪に助けられ、比較的、早く馴染めたが。

身体が鉛《なまり》のように重く、気を抜くと足がもつれそうになる。それでもなんとか、珠華は祠部の官衙をあとにし、馬車をつかまえようと見通しのいいところまで歩いていく。

初めに珠華を襲ったのは、強い——背後から刃を突き立てられるような、殺気だった。

(え……っ)

息が止まる。呼吸をしたら、その瞬間に喉を掻き切られて殺される。そんな幻が脳裏をよぎり、指の一本も動かせない。

生々しく、鋭く、研ぎ澄まされた死の矛先。こんなものを正面からぶつけられたら、それだけで命を刈り取られてしまいそうだ。

頭の奥が、危機を訴える。

その危機感がおそらく、永楽宮に残していった式神たちに伝わり、彼らが混乱しているのが繋がった〝気〟を介してかすかに伝わってきた。

珠華は生唾を呑みこみ、ゆっくりと振り返った。

そこには、じっと黒い塊が佇んでいる。その人物の服装が濃い色のものであることに加え、まとう〝気〟の闇の濃さゆえに、黒い塊であると幻視した。

「刃、さん」

　窒息しそうになりながら、珠華はその塊に呼びかける。

　彼は——動いた、のだろうか。認識できない。何も見えず、わからなかった。

　わからないうちに彼は音もなく珠華に接近し、剣の柄に手をかけ、それを振り抜いただけで珠華を一刀両断できる構えをとった。

　冷や汗が額や背筋を流れ、足が震える。消失する寸前の意識を繋ぎ止めるだけで精一杯だ。

「……ど、して」

　刃の、印象的な瞳に射貫かれる。尋常でない視線だった。

　悲、哀、怒、憎、恐——あらゆる負の感情を煮詰めたがごとき、向けられただけで謝罪が口をつくような視線だ。

　しかし、不思議だった。

　これだけの激しい負の感情を放っていても、どれほど濃密な殺気をまとっていても、珠華に対する殺意や悪意はない。だからこそ、珠華も卒倒せずに済んでいるのだ。

「………………」

　刃はいっさい口を開かない。彼を表すのは、激しい感情を宿した瞳だけ。

緊迫し、凍りついた空気が漂う中を、互いに微動だにせず見つめ合う。ほんの短い時間のはずが、永遠に思えた。

「——珠華？」

そのとき殺伐とした空気に、一石が投じられる。鏡面のように凪いだ水面に波紋が広がるように、徐々に空気が揺らいで、温度が戻ってくる。

「し、き」

血の気の引いた珠華の顔は、きっと真っ青だろう。寝不足もあり、おそらく死にかけみたいな形相になっている。

声をかけてきた子軌は、そんな珠華の様子に眉をひそめた。子軌の隣に立つ宝和も怪訝そうにこちらを見ている。

「そいつ……」

子軌が刃を見遣る。けれども、続きを言わないうちに刃は無言のまま、身を翻《ひるがえ》した。

ようやく、呼吸ができる。

大きく息を吐きだした珠華は、脱力し、へなへなとその場にへたり込んだ。足は悲鳴を上げ、脳は少しも働かない。

「はあ～……」

なんだったのだ、今のは。

どうして刃は珠華の前に現れた？　どうしてあれほどの殺気をまとっていた？　どうして、珠華に対して剣の柄に手をかけた？

何もかもが想定外の、意味不明の行動で、珠華はただただ恐怖に襲われていた。

「大丈夫？　珠華」

「ええ……だい、じょうぶ。でも、もう限界」

子軌に答え、地面であることも、服が砂で汚れることもかまわず、珠華はうずくまる。たった今、精神的疲労が限界を突破した。刃のせいで。

ただでさえ疲れているところにあの仕打ち。許せない。

(だめ、もう泣きそう)

疲れすぎて、涙が出てくる。いったい珠華が何をしたというのか。

何も悪いことをしていない、むしろ昨日から何かといい働きをしていたはずなのに、どうして。

「あの男、何？」

子軌は珍しく硬い口調で訊いてくる。

「永楽宮で一緒に働いているの。皇太后陛下の護衛で、名前は刃」

「刃……？」

「どうしたの？」

おかしな表情で、子軌は何事か考え込む。

「いやぁ……どうしたってほどでもないんだけど」

「見たことのない顔だな……それに、異様な〝気〟の男だった」

いたって冷静に刃を評したのは、宝和である。彼は驚くほどいつもと変わらない。

宝和も宮廷神官の出世頭ゆえ、当然ながら、刃の〝気〟のおかしさに気づいたようだ。

しかし、幼馴染である子軌と、頼りになる先輩である宝和の顔を見たら、安心感がどっと押し寄せてきた。おかげでなんとか珠華も、落ち着きを取り戻せてくる。

いったん落ち着くと次第に思考がまとまってきた。

(刃さんの行動……私を傷つけるつもりはないのに、ただ剣と殺気を見せつけて去っていった意味って)

一見、無意味に思えるけれど、もしかしてという彼の意図を一つだけ思いつく。

そうすると、今日一日ずっと気になっていたこととの繋がりもうっすらと見えてきた。

（つまり）

珠華は手を伸ばし、近くに立っている子軌の手をしっかりと摑んだ。

「珠華？　どうかした？」

「子軌、宝和様。ちょっと相談したいことが」

不思議そうに子軌が首を傾げる。宝和も訝しげに眉間にしわを寄せた。

「俺たち、永楽宮のこととか全然わからないけど？」

「だからよ。永楽宮と無関係だから、頼めるんじゃない。永楽宮の中じゃ、誰が味方かわからないもの」

犯人はまだわかっていない。けれど、もし珠華の予想が当たっているなら。珠華が『気づいていること』に気づかせてはならない。

「ちょっと、場所を変えましょう」

真剣な珠華に何かを察したのか、子軌はうなずき、宝和は面倒そうにため息をついて、珠華の提案を承諾した。

祠部近くの、いつもの四阿に三人で移動する。

夜に外で話し込むのは寒くてややつらいものがあるが、贅沢は言っていられない。

珠華にとっては、永楽宮を出ている今がおそらく唯一といってても過言ではない好機だ。もたもたしていたら、命にかかわる。

「単刀直入に言います」

珠華は子軌と宝和に向き合い、居住まいを正して口を開く。

「おそらく、私、命を狙われています」

「……は？」

子軌が、ぽかん、と口を開けて間の抜けた声を返してきた。宝和は相変わらず、眉の一つも動かさずに腕を組んで黙っている。

「これは私の予想なので、本当にそうかは確かではありません。でも、今、永楽宮にいる誰かが、私を殺そうとしているのだとすると、辻褄が合うことがあって」

最初から整理する。まずは初っ端の毒騒動だ。

「皇太后陛下の昼食を兼ねて、お茶が用意されました。あのときのお茶は、私たちにも振る舞われる予定で、茶葉に毒が仕込まれていたからといって、誰を狙ったものかはわかりません。ただ」

使われていた毒は、なかなか手に入らない、貴重な鴆毒だった。

「鴆毒は少し、特殊です。そうですよね、宝和様」

「くだらないことを訊くな。……鴆毒は普通の毒とは違い、毒そのものが〝気〟――妖気を放っているが、通常、食物に妖気は含まれないため、勘違いだろうと多少の違和感は見逃されがちだ。経験の浅い者なら特に。鴆毒自体も、鴆という妖怪の妖気の特徴を知っている者にしか判別できず、気づけない可能性がある」

つまり、鴆毒は特に〝気〟を読む心得のある者を毒殺するのに有効な毒、というわけだ。そこから発想を飛ばせば、犯人はあの場で唯一の術者だった珠華に毒を飲ませたかった、といえなくもない。

ところが、珠華が鴆毒を知っていたため、未遂に終わった。

ふん、と鼻を鳴らして解説してくれた宝和に、珠華は「ありがとうございます」と礼を言っておく。

自分では整然と説明できる自信がなかったので、宝和に任せてよかった。話を振ったらきちんと答えてくれるあたり、彼もずいぶん親切になったものだ。

「次に……昨夜の襲撃。よく考えたら、私が皇太后陛下と一緒にいたから、とはいえ私のほうへ賊が向かってきすぎだった気がします。もし皇太后陛下が狙いなら真っ直ぐに彼女を狙うはずなのに、不自然なほどその素振りがなかった」

「〝気〟で判断できなかったのか？」

宝和の至極真っ当な問いに、珠華はかぶりを振った。

「それが、どうもあやふやなんです。……永楽宮に行ってから、誰の誰に向けた〝気〟なのかがぼやけた感じがします。長官は何もおっしゃらないんですが」

「あの方はわざと黙っているときがあるから、当てにならないな」

「ええ」

「じゃ、他に根拠はないの？」

子軌に問われ、「他にもあるわ」と珠華は続けた。

「皇太后陛下の部屋に侵入した賊たちとは別に、後から廊下に来た賊がいたの。そいつがどうやら、先に私の部屋を確認してから来たみたいだったのよ」

あの、珠華と翠琳が部屋を飛び出したときちょうど、廊下からやってきた賊。あの賊は明らかに珠華の部屋の方向からやってきていたし、あとで部屋を確認したら、見慣れない何者かの〝気〟の残滓があった。

普通、翠琳を狙っているのなら、一介の宮廷巫女の部屋を確認してくるなどありえない。何か、別に目的があったと考えるべきだ。

そうなると、翠琳の部屋を襲ったのは、翠琳を狙っていると見せかけるため、そして、翠琳を襲撃すれば珠華が必ずやってくると踏んでのことだった、とも考えられる。

珠華の部屋を確認したのは、万一、翠琳の危機に気づけず、珠華が部屋に残っていた場合を考えてのことだった、とも。

（……外で私が一人のときに襲ってこないのは、もしかして、永楽宮の誰かが、私が死ぬところを直接確かめたいからだとしたら——）

状況証拠の域を出ないが、まったく考えられないことではない。

今はどうやら翠琳を狙っていると見せかけたい意図が見え隠れするので、まだ表立って珠華を襲ってはこないが、もし黒幕の気が変わったら、ひとたまりもない。

先ほどの刃の行動は、珠華への警告のようにもとれる。

「なるほどね……確信はないけど、疑わしい、ってことか」

子軌はまれに見る真剣な面持ちで言う。

「うん。私の思い込みなら、それでいいの。でもそうじゃなかったら……これ以上、永楽宮にいるべきではないのかもしれない。皇太后陛下を巻き込んでしまう」

「だが、下手に逃げの姿勢を見せれば、相手がどう動くかわからない」

「……はい」

「もし君の読みどおりならば、相手は皇太后陛下やその周りの無関係の人間を巻き込んでもかまわないと考えていることになる。君を呼び出すために、再び賊を雇うなりして、永楽宮のすべての人間を人質にする可能性すらあるだろう」

宝和の言い分も、まったくそのとおりである。

黒幕は手段を選ばない。これまでの二度の騒動、珠華がもし少しでも気を抜いたり、知識や経験を欠いていたりしたら、すでに死んでいる。周囲の人間もまとめて、だ。

ぎりぎり、運よく生き延びているだけ。

危険な人物の危険な行為に、永楽宮の全員が命の危機にある。珠華の選択一つで、皆が危険にさらされるのだ。

「黒幕は賊を雇う権力とか財力のある人物だね」

珠華は子軌の分析にうなずく。

「ええ。……それに、〝気〟を偽装したり攪乱《かくらん》させたりする技術がある。もしくはそういう技術を持った人物を雇っているわ」

「かぎられるな、それは」

「はい。二人に頼みたいことはそこです」

珠華自身が動けば、敵が本当に永楽宮にいる場合、察知されてしまう。強硬手段に出られたら、皆を巻き込み、危険にさらすことになるだろう。

珠華のせいで誰かを傷つけるわけにはいかない。

「今回、永楽宮に配置された人員の素性を全員分、洗い直してほしいんです」

す、と子軌と宝和の表情が引き締まる。

状況を考えれば、当然の対応だ。

どこの誰が、どのようにして今回の翠琳の来訪にかかわることになったのか。もちろん、全員、採用される前に身辺調査は受けているはずである。だが、こうなったからにはどこかで調査漏れがあったか、不正が絡んでいると考えられる。

「君は」

静かに口を開いたのは宝和だった。彼の双眸はやはり冷えていたが、ただ冷たいだけでなく理性的に、珠華の心を見極めようとする色があった。

「——長官に、疑いをかけるのか？」

「…………」

「永楽宮の件、責任者は長官だ。配置された人員の素性をあの方が把握していないとはまず思えない。あの方のことだ、君を試しているとも考えられなくはない。が、君の話を聞くかぎり、洒落ではすまないことに発展していたかもしれないのに、もし故意に黙っていたのであれば……」

らしくなく、宝和は言葉を濁す。

彼の言いたいことは、言葉にされなくともわかった。あとに続くのは、あまりに度を越えている、だろう。珠華も同じように思う。

杞憂だったらいい。すべて、珠華の思い過ごしで、毒の混入や賊の襲撃がまったく違う目的のためのもので、〝気〟の感知を阻害されているのも珠華の調子が悪いだけだったら。

だが、そうはならない。法順がすべてを知っていて黙っているのでなければ成り立たないことが多すぎる。

「……たぶん、私にはわからない長官の意図があるのだと思っています」

「だったらいいがな」

宝和の真意は珠華には読み取れなかった。

彼が叔父である法順を深く尊敬しているのは、珠華も察している。珠華だって先輩である宝和を尊敬しているけれど、彼の法順に対するそれはもっと深く、濃いものだ。

だというのに、彼が法順を疑うような発言をするとは。

「まあ、たまにはあの方をやり込めるのもいいだろう。あの方でもやりすぎることがないとは言えない」

「あの人、さりげなく加減を間違えそうだよね。あの人自身がいろいろと並外れているからさ」

子軌は法順への疑いを前向きにとらえたような発言をするが、その目は笑っていない。

「じゃあ、お願いできますか」

珠華があらためて宝和に問うと、彼はうなずいた。

宝和も祠部の出世頭で、暇ではない。多忙な中で引き受けてくれるというのだから、きっと珠華のことを少しは案じているのだと信じてもいいはずだ。

「できるかぎりすぐに調べる」

「俺も手伝おうか？」

「……当たり前だろうが」

意気込んで立ち上がった子軌に、宝和は冷たい視線と言葉を浴びせる。けれど、子軌はどこ吹く風だ。

(しっかりした宝和様と、のらりくらりとした子軌……この二人、意外といい組み合わせかも？)

なんとなく息の合ったやりとりをする二人を見て、珠華は思う。

話はまとまった。すっかり話し込んでしまい、時間も遅くなっている。珠華も早く永楽宮に戻らねばならない。

式神の二匹も、さぞ心配しているだろう。

珠華は子軌と宝和の二人と別れて四阿をあとにし、永楽宮へと帰路を急ぐ。

やはり、法順は珠華を試しているのだろうか。

なぜ、珠華に今回の任務を割り振ったのかと法順に訊いたとき、彼は『期待しているから』『経験を積ませたいから』だと答えた。

だとしたら、たとえ度を超していても、彼が珠華を試している可能性は残っている。

（でも、このままじゃ……）

昼間、法順とともに白焰のもとへ報告に行った。そのとき、白焰は近いうちに永楽宮を訪ね、翠琳と会談する機会を設けると言っていた。

せっかくの白焰と翠琳の再会を、珠華のせいで台無しにするわけにはいかない。解決までは至らなくとも、なんとか、二人の命は守れるように備えなければ。

珠華は決意を新たにし、永楽宮へ向かう足を速めた。

＊　＊　＊

その日は、朝からどこか、永楽宮内にぴりぴりとした空気が漂っていた。

否、前日からひどく慌ただしく、浮足立った気配はあったのだが、夜が明けたらそれがいっそう顕著になった。

今日は白焔が、翠琳の滞在するこの永楽宮を訪れる日だ。

結局、皇帝として激務の只中に身を置く白焔の予定が空いたのは、永楽宮に賊の襲撃があった四日後のこと。

あれから数日経ったこともあり、翠琳は体調も精神も安定している。多忙な白焔の予定に合わせた形ではあったが、結果としてよい時機になった。

珠華は小さな鏡を持ち、自室で身なりを整える。

「おかしなところはないわよね」

「ばっちりです、珠華さま！」

支度を手伝ってくれた、人型に戻ったサンが上機嫌にお墨付きをくれる。

白焔と翠琳の再会の折には珠華もそばで控える手筈になっている。もちろん、まじない師として警備に加わるためだ。

磨き抜いた紫の佩玉を下げ、宮廷巫女の服も小さな汚れ一つ、しわ一つないように気を遣った。

髪はいつもと少し結い方を変えて編み込みなどを入れ、少し凝ったものにしてみた。よく見れば気づけるかもしれない、程度だが。

(私は当事者でもなんでもないのにね)

むしろ、あの白焔ならこういったときでもまったく動じないだろうから、珠華のほうが当事者よりそわそわしているだろう。

しかし、あの二人がどんなふうに顔を合わせるのか、二人を知る者として楽しみでもあるし、不安もある。

「さ、行きましょう」

「はい、珠華さま」

「おれもいくー。おいてかないで」

珠華が言うと、サンはすぐさま鳥の姿に変化し、床に寝転がっていた猫の姿のロウも起き上がった。

白焔と翠琳の再会の場は、茶会として設けられる。

場所は永楽宮内の、庭に面し、四阿のようになっている歩廊の一部だ。しっかりと屋根や高欄はあるけれども、吹き抜けで風が通るので、今の時期はやや寒い。

とはいえ、庭を見渡せて眺めがいいので茶会には最適な場所であり、幸い好天にも恵まれたため、なんとか開催できそうだった。

部屋の中ではなんとも味気ない、しかし完全に屋外にしてしまっては風情がなく、悪天候のときはすぐに退避せねばならない。……などなど、茶会を中心となって企画した秀雪が頭を悩ませていた。

だが、さすがに商人の娘である。

秀雪の手配した茶会の会場は、品もあり、趣味がいい。素人の珠華でもわかる。

大きすぎず、小さすぎず、脚や天板の縁に彫り物の施された卓子と、それに合う椅子は明らかに値の張るもの。かけられた掛布は縁起のよい赤――といっても、鮮やかで派手な赤ではなく、深みと渋みを帯びた濃い紅で、金糸の刺繍で縁取られている。

次に茶器。

こちらはつるりとした磁器の茶器一式で、白地に、目立ちすぎない程度の絵付けがしてある。龍と、それを追いかける鳥、咲き誇る花を描いた絵だ。こちらもさぞ、高価だろう。

金慶宮にもともとあったものを適当に見繕っただけだと秀雪は笑うが、簡単ではなかったはずだ。

「それは向こうにしまっておいて。そっちはすぐ取り出せるように近くに置いておいてね」

てきぱきと、秀雪の指示が飛ぶ。彼女の指示に従い、女官たちが行ったり来たりを繰り返していた。

「おはよう」

「あ、おはよう。珠華さん」

珠華が近づいていって声をかけると、秀雪はぱっと顔を明るくする。

「秀雪さん、朝からお疲れ様。精が出るわね」

「まあね。なんてったって、皇帝陛下がいらっしゃるんだもの。手は抜けないよ」

「ええ……まあ、そ、そうね」

なんとなく、視線が泳ぐ。

皇帝が来る、と張り切る秀雪を見ていると、いつもその皇帝陛下をぞんざいにあしらっている自分が、ずいぶん罪深く感じるものだ。

（い、いいのよ。ぞんざいに扱っても白焰様は喜んでいるもの）

いや、それはどうなのだろう。小娘にぞんざいに扱われ、いい加減な口調で軽口を叩かれる皇帝陛下。あまり、よくない気がする。

珠華は自分で自分につっこみを入れつつ、会場内の、術的守りを丁寧に見直す。

呪詛の類が事前に仕込まれていないかの確認、もし急に妖怪が襲ってきたときのための護符の設置。屋根や柱、床の見えないところに、たくさんの護符を仕込んでおく。外部からの賊に対しては結界も有効だが、今回の茶会では結界は張らないことにした。茶会となれば給仕などで人の出入りが多くなり、内部犯であればなおさら結界は意味をなさないからだ。

賊や黒幕のことを考えると、頭が痛い。

（結局、あれきり宝和様や子軌とは会っていないし）

永楽宮に配置された人員、全員の素性を洗い直すのは手間だろう。

時間がかかるのは理解できるものの、あれきり会えなかったので、頼んだ件がどうなったかはよく知らない。

知らせがないというのはまだ何も調べがついていないということだろうが、すでに白焔たちの再会の日を迎えてしまった。

翠琳が金慶宮を訪れた本来の理由である、霊廟への参拝はすでに終わっている。今日の茶会が終わったら、そう経たないうちに彼女は永楽宮を去るだろう。

犯人が何か仕掛けてくるなら、おそらく今日が最後の好機。

（きっと、何事もなくとはいかないわ）

犯人の特定に至れなかった分、珠華は身を挺して二人を守るつもりである。式神や護符、何を使ってでも。

「こんなものかしら。でもこの間みたいに、生身の人間相手だと私は不利よねぇ」

先日の襲撃で痛感した。

まじない師は対人戦闘に向かない。一刀で斬り伏せられてしまっては、ろくに反撃もできないどころか、咄嗟に攻撃を防ぐことも難しい。

宝和のように武器を扱えれば別だが、珠華には体力も腕力も足りない。

「サンとロウをそばに置いておくのは必須ね」

懐に入れた木札を押さえる。しかし、いざとなったら、珠華の身よりも白焰と翠琳の身の安全を優先させる。

そうして、珠華がひと通り確認を終え、しばらくした頃、永楽宮に白焰到着の知らせが駆け巡った。

昼が近くなると、茶会の会場はちょうどよい暖かさになった。

珠華の眼前の卓子には親子が向き合って座っている。白焰はいつになく神妙な態度で、翠琳は少し困ったように。

二人はなかなか口を開かなかった。

周囲の侍女や女官、兵たちは空気を読んでやや距離をとって二人の様子を見守っている。だが、珠華にはなぜかそれが許されなかった。

『珠華は此処にいろ』

『珠華さんはそばにいて』

親子に口を揃えて言われてしまえば、珠華に拒否の選択肢はない。

百歩譲って親子の再会の場に居合わせるのはいいとしても、他の侍女や女官、兵たちから「どうしてあの人だけ？」という視線を向けられるのがとても居心地が悪い。

ひゅ、と風が鳴った。

白焔と翠琳の前に置かれた茶碗から立つ湯気が、風に煽られて揺れる。

今日の茶葉は秀雪が厳選した、香り高く、柔らかな風味の高級茶だ。しかし、二人とも、まだ一度も茶に口をつけていない。

ただただ、静かな時間が流れている。

二人は互いに距離を探っているようでもあり、はっきりと目を合わせるときを見計らっているようでもある。

口火を切ったのは、白焔だった。

「……珠華から、俺の話を聞いたらしいな」

出だしから人をだしにするな、と言いたいが、我慢する。

親子が会話をできるなら、いくらでも口実になろう。珠華は寛大にかまえ、翠琳の答えを待つ。

「ええ……」

「…………」

「……その、嫌、でしたか？」

おずおずと、翠琳が白焔に訊ねる。ひどくゆっくりなやりとりが、もどかしい。

「嫌ではないが。俺の話を聞いて、どう思った？」

「どうって、わたくしは……その」

「俺はあなたのことを、何とも思っていなかった。会いたいとも思っていなかった」

息を呑む翠琳。白焔の口調は平坦で、母親に対し、本心がどうかはわからないが、本当になんの感慨もないのだと感じさせられた。

青ざめた翠琳を見て、珠華は心配になる。

翠琳の心は非常に不安定だ。こんなふうにきっぱりと断じられてしまったら、折れてしまうのではないか。

珠華が危惧したのもつかの間、翠琳は膝の上で手を握りしめて、真っ直ぐに白焰の目を見返した。

揃いの翠の瞳が衝突する。

「わたくしは」

翠琳はそっと口を開く。

「わたくしは、幼いあなたにひどいことをしてしまいました。謝っても失った時間は取り戻せない……」

続く言葉はおそらく、謝罪だろう。翠琳は白焰に謝ろうとしている。そう直感した珠華は、しかし、彼女のそれを聞くことはなかった。

「謝罪は聞かぬ」

「え……」

「謝罪などなくとも、俺はあなたを受け入れるし、あなたを恨んだりもしない。代わりに怒りはするし、文句も言う」

白焰はいったん言葉を切った。

彼にしてはずっと、硬い表情だった。いつも自信満々で、したり顔は基本装備。あっけらかんとし、鷹揚にすべてを受け止める。

それが珠華の知る白焔だ。

今日の白焔はそんないつもの様子がすっかり鳴りをひそめていた。らしくない、と珠華は思ったけれど、たぶん、彼も考えていたのだろう。

どうしたら、親子の間に横たわる大きな溝を、最低でも渡れるくらいに埋められるかを。

そうしてこのとき、白焔はようやく、普段通りの偉そうな笑顔を見せた。

「俺はせめて、あなたと人並みくらいの関係を築ければいいと考えている。そのために必要なのは謝罪ではないはずだ。謝罪で得られるのは、ただ謝った、という形だけのものだからな」

「そう、かしら」

「あなたも俺に対して、好きに振る舞えばいい。ただ罪悪感を埋めるためだけの謝罪以外なら何でも受け付けるぞ。そうでなければ、人間関係など作れないからな」

一方的にそう言ってから、白焔は、少しだけ偉そうな笑みを和らげた。

「許す、というのとは違うが。俺はこれでも、海より広い度量があると定評があってな」

「え？」

「ゆえに――これまでのあなたも、これからのあなたも、俺はあなたの息子として受け入れる」

彼の声色はたいそう柔らかく、慈愛のようなものが含まれていた。

大きく見開かれた翠琳の目から、ぽろり、ぽろり、と大粒の涙のしずくがこぼれて、落ちる。

「わ、わたくし……」

翠琳の涙は止まらなかった。あとからあとから、次々にしずくが転がり落ちて、卓子を濡らす。

（白焔様は『許す、というのとは違う』とおっしゃったけれど、翠琳様にとって、きっと白焔様の言葉は何よりも許しになったわ）

ただ、受け入れる、と。

そのまま、ありのままで此処にいていい。普通に接すればいいと……それがどれほど難しく、そして、ありがたく、うれしいことか。

珠華にはよくよく理解できた。

「あり、がとう。ありがとう、白焔」

泣きながら途切れ途切れに、翠琳はひたすら感謝を口にする。そんな彼女を見守る白焔の目は優しい。

——すべてを受け入れる。

それが彼の、彼だけの強さなのだとあらためて思い知らされる。

あんなにも我の強そうな言動をするのに、いろいろなものを受け止め、受け入れてしまう性質は、得難い長所だ。

いや、むしろ確固たる『劉白焔』といつも向き合い続けている彼だからこそ、他者とも真正面から向き合える強さがあるのかもしれない。

（自分で海より広い度量があるとか豪語していたけれど、やっぱり、白焔様のやたら高い自己評価は傲慢なようでそのとおりなのよね）

熱くなった目頭に力を入れながら、珠華は一人、噴き出しそうになるのを堪えて、白焔と翠琳を黙って見守っていた。

それからの二人は、ぽつぽつと他愛のない会話をしていた。

思い出話や最近の出来事など、会話の内容は本当に些細なものだ。

白焔が遠慮なしに正直に翠琳に接するので、多少、冷や冷やすることもあったが、翠琳も落ち着いていて穏やかに時間が流れていく。

二人の話によく珠華が登場し、なんとなく身の置き所がないときがよくあったのも、会話のはじめのとき同様、どうにか笑って流した。

「珠華」

ふと、かたわらで話を聞いていた珠華に、白焔が声をかけてくる。気づけば、翠琳も珠華のほうをじっと見ていた。

「な、なんでしょう」

親子水入らずの会話だったはずなのに、どうしていきなり珠華を呼ぶのか。

珠華は頬を引きつらせる。

「ありがとう。そなたが背中を押してくれたから、この席を設ける決心ができた」

「え、私は何も」

「珠華さん、わたくしからも言わせて。今回のこと、本当にありがとう。あなたがいなかったら白焔のことを何も聞けず、こうして話すこともできませんでした」

「で、ですから、私は何もしていません」

白焔と翠琳から次々に感謝を伝えられ、珠華は狼狽えてしまう。

珠華にできたことは少ない。翠琳に白焔のことを話したのは単に乞われたからであるし、白焔に翠琳のことを教えたのはただ、白焔だけ何も知らないでいるのは公平でないと思ったからだ。

別に二人のためというわけではなく、逆に珠華は余計な手出しは無用だと考えていたくらいだった。

だから、感謝されるいわれはないのだ。

けれども、白焔も翠琳も親子揃って珠華の主張を真面目に取り合ってくれなかった。

「素直に礼を受け取っておけ。今回のこと、そなたはいろいろと大変だったのだしな」

「ええ。珠華さんには白焔との間を取り持ってもらっただけでなく、わたくしの命を救ってもらったのですもの。いくらお礼を言っても足りません。何か、欲しいものはあるかしら」

「いえ……まあ、お礼は聞きますけれど、欲しいものはありませんよ。大袈裟です」

なんなんだ、この親子は。珠華は胸の内で悪態をついた。

和解した途端、結託して珠華に感謝をひたすらぶつけてくるようになるとは。もしかしたら、翠琳も普段は気弱だけれど、白焔と同じく、押しの強さも持っているのかもしれない。

「そうなの……？　でもわたくし、あなたに報いたいのです。できれば何か、考えておいてくださいね」

「うっ……はい」

翠琳にここまで言われては、もう拒否はできなかった。

珠華にとって、翠琳は守らねばならない存在だ。弱々しい姿を知っているからこそ、彼女には悲しい気持ちになってほしくない。

この場ではとりあえず考えておく、と言っておいて、あとでなんやかんやとはぐらかせばおさまるだろう。

「ふふ。珠華さんは可愛らしいですね」

翠琳が言うと、なぜか白焔が胸を張り、得意げになった。

「そうだろう。珠華が可愛らしいのはいつもだ。すごいぞ、喜怒哀楽、どんな顔をしていても愛らしい」

「ちょ、何をおっしゃってるんです!?」

慌てて止めようとするけれど、白焔に対してそんなものは無駄だった。

「母よ、彼女を俺の妻にするとしたら、どう思う?」

「え！　そうね、わたくしとしてはうれしいです。こんなに可愛らしくて気が利いて頼りになるお嫁さんなんて、素晴らしいのではないかしら」

「翠琳様も、真面目にお答えにならないでください！　そ、そもそも私なんて――」

「だろう？　さすが、俺の母。見る目がある」

「あら……そうかしら」

「話を聞いてください！」

一人で喚《わめ》く珠華をまったく気にせず、白焔と翠琳は二人でどんどん話を進めていく。

さっきは急に珠華に水を向けてきたくせに、なんとも勝手である。

珠華は頭の奥で、堪忍袋の緒が切れる音を聞いた気がした。

「いい加減にしなさい！」

眉尻を吊り上げ、周囲に聞こえないように、大きすぎない声で珠華は怒鳴る。しかし、やはり白焔にはまったく効いていない。

「そう怒るな。また抱きしめるぞ」

「は!?　こんなところで!?　冗談がすぎます！」

「まあ、二人は本当に仲がよいのですね。わたくしはお邪魔になってしまいそう」

「翠琳様もそこは止めてください……」

この二人、なるほど、間違いなく親子だ。自由なところがそっくりである。

ますます皇后になどなりたくない。珠華にはとても、この二人と付き合っていく自信がない。心的負担が大きくて、瞬く間に胃を痛めそうだ。

がっくりと、珠華は肩を落とす。

「ねえ、珠華さん。これからお食事でしょう？　あなたも一緒にどう？」

「……一緒に、ですか」

翠琳の提案に、失礼とは自覚しつつ、やや不遜な態度になってしまった。

確かに翠琳の言う通り、このあとの昼の時間、この茶会は食事が運ばれてくる予定になっている。当然、白焔と翠琳の二人に出されるものだ。

おそらく毒見や予備で余りの料理はあるだろうが、さすがにこの二人と同席するのは勘弁してほしい。

さっきから、少し離れた場所で見守っている皆からの視線が痛いのだ。

絶対に、『なぜ李珠華はあんなに皇帝陛下と皇太后陛下と気安く話しているんだ？』と思われている。

話の内容は聞こえなくても、会話している様子は間違いなく見えているのだから。

「遠慮させていただきます」

珠華が断固として断ると、翠琳が残念そうに眉尻を下げ、白焔はいたずらっぽく瞳を煌めかせる。

「ほう？　断るか」

「お断りします！　当たり前じゃないですか。もう集団の中で浮くのは嫌なんですよ……」

目立ってもいいことなどない。これ以上、噂の的になるのはうんざりだ。首を横に振り続ける珠華に、翠琳が小首を傾げ、上目遣いで言う。

「ね、どうしてもだめかしら」

「だ、だめです」

「どうしても？」

「どうしても！」

こればかりは譲れないぞ、と珠華は目を瞑って強く拒否するが、翠琳もなかなか引かなかった。

「だったら、お茶だけ。ね、それならいいでしょう？」

「お茶だけ？」

「そう。お料理は一緒に食べなくていいの、珠華さんはお茶だけ飲んでいればいいですから」

「うぐ……」

「珠華。茶くらいいいではないか、母の頼みを聞いてやれ」

「……う、お、お茶だけ、なら……」

完全敗北だった。あるいは、珠華に勝ち目は最初からなかったのか。それは星姫のみぞ知ることであるが、珠華は渋々、白焰と翠琳の食事に同席することになった。

「よかった！」

無邪気に喜び、きらきらと笑顔を輝かせる翠琳を憎めない。

そうと決まると動きは早く、すぐさま料理と茶の準備が始まった。けれど、珠華は落ち着かない。

（なんだか、胸騒ぎがするわ）

これは、これから傍若《ぼうじゃくぶ》無人《じん》な親子と同席せねばならないせいか、それとも。

食事を運ぶ女官に微妙な視線を向けられたり、秀雪には意味深に笑いかけられたりと、居たたまれないことこの上ない。

だが、胸騒ぎはいつしか、本物の危機感に変わっていた。

「……おかしい」

珠華は瞬きもせずにただうつむいて、つぶやいた。白焰と翠琳には聞こえていない。

おかしい。〝気〟の流れが、かすかな異常を訴えてくる。これは、悪意に……殺意。明確に感じられる。発生源は、目の前の卓子からだ。

湯気の立つ料理の数々、茶碗に注がれた薄い黄金色の茶。どれだ、どこから。

珠華はあちこちへ目を動かし、感覚を研ぎ澄ませて〝気〟の流れに集中した。これはおそらく、毒だ。鴆毒ではない。草木から抽出したごく一般的な毒。

(料理？　いいえ、これは違う)

顔を上げ、珠華は声を上げようと口を開いた。

「このお茶――」

「――待て」

ほとんど同時だった。珠華が毒を指摘するのとほぼ同じくして、白焰が聞いたこともない冷えた一声で場の動きを止めた。

白焰の手は、彼の茶碗に茶を注ごうとする女官の手をしっかりと摑んでいる。

「なに……？」

予想外の出来事だった。珠華は混乱して、白焰に手を摑まれている女官の顔を見上げ、確認する。

陰気な印象の長い髪に暗く沈んだ瞳、あまり特徴のない顔つき――珠華とこの数日ともに働いた女官、王蓉だった。

しかし、彼女の顔を見ても、なぜ、白焰が彼女の手を摑んでいるのかまるでわからない。

　翠琳も絶句し、硬直している。

「皇帝、陛下？」

　困ったように、けれど、どこかかすかに甘えたように王蓉が問う。ここ数日過ごして、一度も耳にしたことのない響きだった。

　気持ちが悪い。

　職場の同僚に思うべきではないけれど、珠華は瞬時にそう思った。

　いきなり、王蓉がねっとりと絡みつく蛇か何かのように感じられて、背筋に寒気が走る。

「顔が違う」

「え？」

　凍りついた場に、静かに白焔のつぶやきが落ちた。ただし、その言葉の意味は、誰にもわからなかった。

「そなた、顔を変えれば正体をごまかせると思ったか？」

「どういう、ことでしょう？」

「とぼける必要はない。どれだけ顔を変えようと、俺にはわかる——そうだろう、呂明薔」

心臓が、止まった。その瞬間、珠華の中はまったくの『無』になる。

その名を呑みこみ理解することを、脳が拒絶する。思い出そうとするだけで、鋭い痛みが側頭部で主張を始めた。

「ろ、めいしょう……？」

白焰は確かに王蓉をそう呼んだ。王蓉は顔を伏せていて、その表情はうかがえない。

珠華は頭の中で必死に何かを思考しようとするが、上手く働いてくれなかった。自分が今、どんな形相をしているのかもわからない。

しかし、その間も白焰は感情を感じさせない声と顔で事実を並べ立てる。

「顔を変え、声を低く装い、印象を取り繕おうと、骨格や身体的特徴まではごまかせない。俺は記憶力に自信があってな。この手、見覚えがある。左手の手首のほくろに、爪の形も」

「なんの、ことでしょう」

「そなたは、後宮で騒ぎを起こしたことを咎められ、呂家が謹慎させているはずだな？　このようなところにいるはずがない」

呂明薔――彼女との記憶は、珠華にとっては思い出したくないものだ。

結果として何桃酥に乗せられた形であるとはいえ、嫉妬から陰湿ないじめを繰り返し、果ては呪詛にまで手を出して、珠華を陥れた。

珠華の呪詛返しで傷を負った彼女は、実家に戻り、しばらく静養していたと聞く。

白焰の口ぶりからすると、その後は謹慎を命じられていたのだろう。

後宮という皇帝の園で術者を使い、危険な呪詛を用いたのだから、当然だ。

劉一族に忠誠を誓う呂家ゆえ、娘とはいえ厳しく罰されたはずである。けれど。

「そなた、此処でいったい何をしている？　一連の騒動について——そなたは何か知っていそうだな」

このような白焰は初めて見た。彼の全身からは冷酷さと威圧感を含んだ〝気〟が放たれ、その場にいる者は臟腑《ぞうふ》の底から温度を奪われていく。

珠華も、身体が強張って、一歩も動けない。

「ぞ、存じ上げません。わたしは、王蓉。呂家の姫君とは何の関係も……わたしはただ、女官として働いていただけで」

「ほう」

「陛下、どうか、信じてくださいませ。わたしは無実です……！」

王蓉は白焰の足元に膝をつき、目を潤ませ、胸の前で手を組んで懇願した。

周囲の同情を誘い、憐れみを掻き立てるその姿は、まさにあのときの、後宮での珠華の記憶を呼び起こす。

『ごめんなさい、李婕妤《しょうよ》。わたくしが愚かだったのです――』

王蓉の声の使い方、話しぶり、表情や所作が、珠華の中で初めて明蕾と重なった。

(まさか、本当に……?)

皆の疑惑の目が王蓉に向けられる。

後宮でのときは、誰もが珠華でなく、明蕾を信じた。彼女の振る舞いはあまりに巧みで、また彼女の生まれと立ち位置は後宮において絶対だった。

だが、今回はどうも様子が違う。

(そうか、王蓉さんはずっと、誰とも親しくなろうとしていなかった)

常にうつむきがちで、周囲と深くかかわろうとしていない。秀雪が話しかけるから、珠華も一緒に会話はしていたけれど、特別仲良くなれたとは思えなかった。

その上さらに、他ならぬ皇帝から疑いをかけられた王蓉を庇う者は、一人もいない。

皆、固唾を呑んで成り行きを見守っている。

「しらを切るか。では、そなたは今一度、厳密に身辺を調べられても問題なかろうな?」

「も、もちろんでございます。どうぞ、お調べになってくださいませ」

堂々と言い切る王蓉に、珠華はだんだんと頭が冷えてくるのを感じた。

そうだ。もし、王蓉が呂明薔と同一人物であるなら、どれだけ経歴を偽ったとしても詳しく調べれば粗が見つかるはず。

そして、すでに調査に取り掛かっている。

「わかった。では、すぐに調べさせるとしよう」

そう言った白焰と、刹那、目が合った。

（え？）

白焰が珠華に向かって、ほんのわずかにうなずいたように見えた。もしかして、と察し、珠華はうなずいて返す。

白焰は自らが慈宸殿から連れてきた禁軍の兵を呼び寄せると、何事かを囁く。すると、その兵は早足で去っていった。

涙を浮かべ、たまにしゃくりあげる王蓉と、それを見下ろす白焰。

二人の詰問と弁明の応酬は膠着《こうちゃく》し、先ほどまで茶会の給仕でひっきりなしに人が行き来していた場は、すっかり静まり返っていた。

しかし、ふいに、秀雪が声を上げた。

「刃さん?」

その声に振り向くと、静かに刃がこちらへ歩いてくるところだった。翠琳の護衛である彼は今まで、翠琳の後方で待機していた。

そんな彼が、騒ぎの中心地である珠華たちのいる場所へ、歩いてくる。

どうしてだろう、と皆、疑問は抱いても、誰も咎めることはしない。当たり前だ、彼は正規の手続きを踏んで採用された護衛なのだから。

ゆえに、彼の動きを予測できた者もいなかった。

「え?」

自然な挙動でゆっくり歩いてきた刃は、珠華の前で立ち止まる。そして、目にも留まらぬ速さで剣を抜き、振り上げる。

何が起こっているか、珠華本人も、他の皆も理解できていなかった。

鈍く光る刃《やいば》が振り下ろされる。

珠華の後ろに控えている式神たちも、反応できないまま、ただ、迫ってくる刃《やいば》を瞬きもせず見つめていることしかできない。

(どう、して)

珠華の頭は疑問でいっぱいになる。けれど、誰も答えはくれない。

これまでも、死の危険を感じたことはあった。

つい少し前も、猩猩たちとの戦いで危ない場面があり、事なきを得た。そのときも死を意識したが、今回はそれとは違った。

自分は死ぬ。

このまますすべもなく刃《やいば》を身体で受け止め、殺されるしかないのだと、妙な納得感がある。

それくらい、刃の剣技は鮮やかで隙がなく、また、彼の殺気は本物だった。

死の、そのときとは……なんと呆気ないことか。

恐怖すら湧きあがる暇がないほどの寸刻、珠華は思う。どんなにまじないの腕を磨こうと、こうして呆気なく人生は幕を閉じるのだ。

「珠華!」

鋭く珠華の名を呼ぶ声。同時に、剣と剣のぶつかる音が空気を震わせた。

「白焰、様」

「大丈夫か!? 珠華、しっかりしろ!」

一喝した白焰は自身の佩いていた剣で、刃の剣を受け止めている。はっと、我に返る。珠華は、言うことを聞かない足でよろけながら数歩後退した。

険しい面持ちをした白焔が、膂力《りょりょく》で刃の剣を押し返す。

そこで、ようやく皆が状況を理解したのか、悲鳴と混乱で大騒ぎになった。

給仕役の女官たちは逃げ惑い、警備の兵は慌てて刃を取り囲む。だが、刃の実力は兵たちが一番よくわかっている。彼らの表情は怯えと緊張に染まっていた。

「珠華さま、平気ですか!?」

よろめいた珠華の背を支えてくれているサンが、問うてくる。

「平気よ」

「申し訳ございません、珠華さま。肝心なときにお守りできず……サンはだめな式神です」

「いいえ。サン、あなたはよくやってくれているわ。だから、反省はあとにしましょう。お願い、翠琳様を守りに行ってくれる?」

珠華が命じると、真っ青な顔をしている女官姿のサンは、「でも」と異議を唱えた。

「お願いよ、サン。刃さんが敵なら、翠琳様を守る戦力が薄くなるわ。あなたにしか任せられないの」

そこまで言えば、サンはぐ、と唇を強く結び、「かしこまりました」と翠琳のほうへ駆けていく。

サンを見送った珠華は、混乱する中、その光景をしっかりととらえた。そして、喧騒に満ちた空間を射貫くように、声を張って人型になっているロウを呼ぶ。

「ロウ！　追いかけて！」

「は、はい！」

恐慌状態に近い惨状の中を、どさくさにまぎれて走り去ろうとする者がいる。

（王蓉……！）

刃という強者と対峙し、誰も王蓉の行動を見ていない。その隙に、王蓉が高欄を乗り越え、庭に降りて逃げ出していた。

「逃がさないわ！」

珠華の命を受け、一陣の風になってロウが真っ直ぐに王蓉を追いかけていく。

追いかけてくるロウを振り返り、悔しげに顔を歪めた王蓉は必死に走るが、ロウの俊足からは逃げられない。

「ぐっ……」

ついにロウが王蓉の背をとらえる。ロウは王蓉の服の背の部分を摑んで引っ張ると、そのまま引き倒して膝をつかせ、押さえつけた。

「放して！」

髪が乱れるのもかまわず、身をよじって王蓉は叫ぶ。珠華は小走りでロウに追いつき、王蓉と向かい合った。

「あなた、本当に呂明蕾なの？」

珠華はまだ、信じ切れていない。

特別親しくはないけれど、少しは打ち解けられたと思った。内気なところはあれど、王蓉も同じように感じてくれているのだと思っていたのに。

彼女が呂明蕾だとしたら、すべてが覆る。なぜなら、彼女が珠華にいい感情を持っているわけがないからだ。

王蓉は、見下ろす珠華を憎々しいと隠しもせずに睨んできた。

「あなた、顔を変えているの？」

「そんなこと、あなたに言う義理はないわ！」

なりふりかまわず、歯を剝き出しにして叫ぶ彼女には、無口で物静かだった王蓉の面影は、ほとんどなくなっている。

けれど、珠華の中のあの呂明蕾とも結びつかない。明蕾は、常に姫君然としていた。

（本当に呂明蕾なのだとしたら、今の王蓉の顔とはまったく違う。いったい、どうやって顔を変えているの？　もしかして、まじないで？）

人の顔を変える術は存在しない。しかし、人の〝気〟を操作することで、本来の顔とはまったく異なる顔かたちとして、周囲の人間に錯覚させる――そういう術がある。

(でも、あの術は)

異なる顔であり続けるために、維持するのがひどく難しい術なのだ。

そもそも、よほど優れた術者でなければ、違和感を生じさせてしまうことがほとんど。

組み上げるのも難しいが、さらに上手く使うならば、最難関といえる難易度の術である。

「いいえ、余計なことを考えるのはあとよ」

珠華はおもむろに両手の指を組む。次に、記憶している呪文を、粛々と唱えた。

「――王母よ、天女よ。我は奏上する」

術によって操作された〝気〟を元の正常な状態に戻す、解呪の呪文。

術者の実力で成功、失敗はあれど、どんな術に対しても有効だ。白焔にかけられた呪いを解くときも、似た呪文を用いた。

「鬼を祓い、穢れを洗い落とし、呪をほどきたまえ」

「やめて、やめなさい！」

何をされるか察したらしい王蓉が、金切り声で喚く。その声を聞き流しながら、珠華は呪文を唱え続けた。

(なに、この術!)

だが、なぜかすんなりといかない。

こんなに複雑で強固で、それでいて美しく絡み合う術は初めてだった。手ごたえがありすぎて、逆に珠華の解呪が弾き飛ばされそうになる。

「陰陽、正しくあるべし。霊源、枯れることなかれ」

汗がこめかみを流れた。

集中し、力を込めなければ、解呪を拒まれてしまう。王蓉に術をかけた術者のほうが、珠華よりも力量が上。そう認めざるをえない。

「うぅ、でも!」

負けない。珠華はさらに解呪に力を込める。懐の、ちょうど水晶の指環を入れてあるあたりが熱くなった。

「解けろ! 急急如律令!」

珠華がそう叫んだ途端、強い解呪の力が働き、まるで曲がった太い針金を力ずくで真っ直ぐにするように一気に術が解け、〝気〟が正常に戻った。

「いやあぁぁぁぁ！」

絶叫とともに、王蓉が顔を伏せる。

けれど、その間際しっかりと珠華は見た。彼女の顔は——確かに、記憶の中にある明薔の美貌と同じだった。

（本当に、そうだったんだ）

悲しくないといえば、嘘になる。王蓉とは時間をかければ、もっと親しくなれると期待していたから。

だが現実として、珠華が王蓉と認識していた女性は呂明薔であり、彼女は憎しみと恨みのこもった目で珠華をねめつけている。

残念な気持ちとあきらめとが、胸に波のごとく押し寄せた。

「許さない、許さない、許さない！　李珠華、あなただけは絶対に！」

「…………」

「死ねばよかったのに！　あなたなんか、惨《むご》たらしく死ねばよかったのよ！」

王蓉——明薔は、珠華をなじる。

「あなたがわたくしの身体につけた呪詛返しの傷は、痕が残ったわ！　わたくしは悪くない、わたくしは后になるはずだった。それをあなたが、あなたのせいで全部、台無しになったのよ！」

「……呪詛返しは、あなたが私を呪ったからでしょう。悪いのは、あなただわ」

「うるさい！　わたくしは悪くないのに、あなたが陛下を騙し、たぶらかし、籠絡して、わたくしを陥れた！　おかげでわたくしは家からも見放され、后になる道も閉ざされたのよ！」

珠華が言い返しても、明薔はさらにその二倍、三倍と返してくる。

すさまじく強い、恨みだ。その念だけで、人を殺してしまえるくらいの。けれど、逆恨みでもある。明薔がもっと慎重ならば、そんな末路はたどらなかったのだから。

そして、明薔は逆恨みでまた、悪事に手を染めてしまった。

「あなた、何をしたかわかっているの？」

努めて冷静に問う珠華に、怒りからか、明薔はかっと真っ赤になった。

「何を？　何をですって？　ええ、そうよ。わたくしが毒を用意し、賊に襲撃させた。あなたをできるかぎり惨たらしく、残酷に、醜く殺してやるために！　わたくしの目の前で、あなたを苦しませ、殺して、切り刻んで、ぐちゃぐちゃにして獣の餌にしてやるのよ！」

ようやくわかった。

明薔は復讐のために珠華を殺そうとした。だが、彼女自身の目の前で、珠華が彼女の溜飲が下がるような死に方をしなければならなかったのだ。

宮廷巫女の仕事は特殊である。

所属している術者が他の部署と合同で働くことは珍しく、また、仕事中は常に〝気〟を意識していて隙がない。単に殺してやると思い立っても、襲う機会をうかがうのにも一苦労だ。

少なくとも、〝気〟を偽装するなり、直接犯人がわからないよう、他のなんらかの手段を用いるなりしなければ、顔見知りの危険人物はすぐに察知されて逃げられてしまう。

だからこそ、明薔は珠華に近づくために名前や顔を変え、経歴を偽るという骨の折れる手段を選ぶしかなかったのだ。

「……莫迦じゃないの」

気づけば、珠華はそうつぶやいていた。

「あなたのせいで、大勢の人が毒や、賊の凶刃によって死ぬところだったのよ！」

「知ったことではないわ！　あなたを殺すためなら、他の人間の命なんてどうでもいい！」

明薔の答えに、珠華の脳の奥のどこかで何かが弾ける音がした。

大股で明薔に近づく。そうして、渾身の力を込めて、思いきり明薔の頰を叩いた。

「我がままを言うのも、いい加減にしなさい！　あなたは何もわかっていない。あなたがしたことも、あなたが奪おうとした命の重さも、人の気持ちも！　だからだめだったのよ、少しは己を省みたらどうなの⁉」

平手を受けた明薔は、しばらく、目を見開いたまま固まっていた。珠華がそんなふうに反撃してくるとは、思わなかったのだろう。

ただ、あいにく、珠華も成長している。

前は、人を傷つけることに迷いがあった。心身どちらであろうと、傷つくのはつらい。だから、人を傷つけたら重罪のような気がして、ひたすら傷つけまいと心がけていたのだ。どんな場面、どんな相手にも。

後宮にいたときは、呪詛を受けていると気づいていながら、呪詛返しを躊躇いもした。

しかし、それだけではいけないのだ。ときには人と対立し、傷つき、傷つけることも厭《いと》わずに、難しい判断を下さなければいけない。

その判断の責任を負うのが覚悟をするということであり、自分を貫くということ。

もちろん、明薔のように何の関係もない人々を巻き込んだり、己の我がままや独りよがりの感情を通すために危険な手段で人を襲ったりするのは違う。

だが、今このとき、明薔に珠華の思いを伝えるには、あの平手が必要だった。

こうでもしなければ、明薔は聞く耳を持たないからだ。

「今度こそ、よく反省しなさい！　あなたが何をしようとしたのか、頭を冷やしてもう一度、考えてみるといいわ！」

珠華が言ったそのとき、どっと庭に大勢の兵がなだれ込んできた。

＊　＊　＊

白焰は、珠華を守るために刃の剣を受け止め、それを押し返したあと、さらに斬撃を繰り出す刃に手を焼いていた。

（これはさすがに俺も捌ききれないか）

すさまじい速度で次々に繰り出される剣は、反応し、受け流すだけで精一杯だ。

しかも、相手はおそらく本気ではない。時間稼ぎのために、腕の立つ白焰や、他の警備の兵を釘づけにするのが目的だろう。

王蓉、と名乗るあの女が、呂明薔であることは、間近で見ればすぐにわかった。記憶するのは得意だ。ましてや、明薔とは幼い頃からの付き合いがある。彼女の身体的特徴はよくわかっていた。

春の一件のあと、明薔の処遇は呂家に任せた。

呂家はおそらく厳重な監視や制限のもとに彼女を謹慎させていただろうが、その恨みは呂家の想定よりもはるかに深く、今回の凶行に至ったのであろう。

(明薔は――)

白焔の視界の隅に、明薔が刃の行動で起きた混乱の隙を突き、逃げ出そうとしているのが映った。

まずい、取り逃がしては。

一時、焦ったものの、珠華が明薔をロウに追いかけさせているのを確認し、ひとまず安心する。

さすが、珠華だ。彼女はすっかり成長し、頼りになる宮廷巫女になっていた。

「よそ見をするとは余裕だな」

刃が低い声でぼそり、と言う。

「はっ、俺は劉白焔だぞ。余裕など常に持っているに決まっているだろうが」

刃の猛攻を必死に捌き、軽口を叩く。

本当のところは、すでに疲れが出始め、刃の剣の速さについていけなくなってきていた。だが、弱みなど一つも見せず、余裕ぶる。

水鳥と同じだ。

水の下では必死に足をばたつかせていても、水上では優雅に泳いでいるように見せる。白焰はいつもそうしてきた。自分ほどはったりでありがたがられている皇帝は史上に存在しないだろうと、自嘲しながら。

そのとき、刃がひときわ重い一撃を放つ。白焰は「ぐっ」と思わず呻きを漏らし、なんとかその一撃を受け止めた。

「油断するなよ」

呼吸に一分の乱れもない刃が、明らかに白焰に向かって告げる。

「は？」

「今にそんなふうに余裕に振る舞ってはいられなくなる」

刃の言葉は忠告じみていて、しかし、抽象的すぎて意味がわからない。白焰は眉を寄せた。

「どういうことだ？」

白焔の問いに刃は答えなかった。その代わりではないだろうが、刃は剣を捻り、さらに力を加えて白焔を押す。

(重い……!)

腕があまりの強い力に震えた。

背はそこそこあるものの、刃の体格はさほど良くはなく、腕も比較的細めに見えるというのに、どこからこれほどの力が出てくるのだろうか。

やけに熟達し、人間にできるとは思えない速さの剣技を繰り出す技術といい、彼の能力は人間離れしている。

このままでは負ける。

そんな考えが白焔の頭をよぎった。が、瞬時に否定する。

(負け? そんなふうにすぐ投げ出すのは、俺の流儀ではないだろう)

にや、と不敵さを意識して、笑った。

負けるなんて、皇帝の劉白焔には似合わない。すぐにあきらめるなんて、ただの劉白焔らしくない。

腕の筋肉に力を入れる。限界だと、とっくに悲鳴を上げ、痺れて感覚を失っている腕に無理やり鞭打って、白焔は剣の柄を握りなおした。

奥歯を削れるほど嚙みしめて、真っ向から刃の怪力に張り合う。

「どうした？　もう力を出しきってしまったのか？」

刃を煽り、さらに足にも並々ならぬ力を入れ、しっかりと地面を踏みしめた。

だが、瞬間、待ちかまえていたかのように刃が急に力を抜き、二歩後退する。

白焔は、思い切り力を入れていた対象が突然軽くなったことで、支えを失い、つんのめって転びそうになった。

（やってくれるな）

いいように弄ばれた。刃への対抗心が、白焔の自尊心をわずかに傷つけ、次いで奮い立たせる。

「まだまだ！」

攻撃に転じ、斬りかかった白焔の剣は、けれども、刃にひらりと躱された。

刃は『用は済んだ』とでも言いたげに、さらに後退して距離をとり、そのまま身を翻す。

「待て！　……あの男を追いかけろ！」

逃げようとしているところで待てと言われて、素直に待つ者はいない。刃は白焔の声にも少しも迷いを見せず、逃走する。

あの運動能力だ。周囲の兵に追いかけるよう命じても、無駄だろうとは予想できた。

（逃げられてしまうな。だが、あの男の言葉は）

余裕に振る舞ってはいられなくなる。いったいどういう意味だろう。素直に解釈するならば、波乱が起きるという予告だが、本当にそうだろうか。

彼の言葉は、どこか白焔と白焔の周囲に向けたものではなく、白焔個人に向けたものに聞こえた。

それに、あの瞳。どこかで、見覚えがある……ような気がする。

白焔は無意識に胸を押さえた。

違和感が、ないわけではない。不調だった身体の具合が落ち着いてからというもの、何かがおかしい。自分は確かに自分であるのに、たまに他人事のように感じる瞬間があるのだ。

珠華の話では、白焔の魂に天淵の〝気〟が混じっているということだが、そのせいか。

「それは、困るな。俺は俺だ」

他の誰でもない。二十年付き合ってきた劉白焔、それが自分だ。たとえ先祖の幽鬼が相手でも、譲れない。

永楽宮の廊下を、大勢の兵が走ってくるのが見えた。あらかじめ手配しておいた者たちだろう。

白焔は真っ直ぐ前を向き、明薔と対峙する珠華のもとへ急いだ。

＊　＊　＊

現れた禁軍の兵たちは、あっという間に明薔を捕らえ、その身柄を拘束した。

彼らの言うところによると、明薔は身分を詐称して貴人に近づいた疑いで連行されるらしい。他の事件への関与はまたあらためて調査されることになるようだ。

しかし、当の明薔本人が認めていたので、真相究明にさほど時間はかからないだろう。

珠華はどっと疲れを感じ、息を吐く。

明薔は最後まで珠華を憎み、『死ね、死んでしまえ』と喚きながら連行されていった。すぐに己の罪の重さを理解できるのなら、そもそもこんな事件を起こさないだろうとは想像できる。しかし、珠華の言葉は明薔にはついに届かず、ただ彼女の自尊心を傷つけて終わっただけだったのが、やるせない。

「私も、偉そうなことを言える立場じゃないけれどね……」

珠華とて、まだまだだ。

春に、下町のまじない屋とはまるで違う世界を知った。この世は自分が知るよりもっと、もっと広いのだと、十六年も生きてようやく理解したのだから、未熟もいいところである。

けれど、だからこそ、いつまでも狭い視野に囚われているように見えた明薔を、他人事にはできなかった。

いらないお節介だったのは、百も承知だ。

「珠華！」

反省している珠華を呼ぶ者があった。振り返ると、子軌が手を振っており、その隣には宝和の姿もある。

「子軌、それに宝和様」

「無事だった？」

子軌に訊ねられ、珠華はうなずいた。

「ええ、なんとかね。……もしかして、明薔の連行は二人の指示で？」

「ああ。君に頼まれていた件を陛下の手も借りて深く調べていくうちに、王蓉と名乗る女が呂明薔であるらしいことがわかった。いざとなったら禁軍の兵を動かす許可も得ていたので、すぐさま彼女を拘束するよう指示を出した」

宝和の答えに、珠華は納得する。

やはり、宝和と子軌は白焰と協力していたらしい。当然といえば当然だ。永楽宮の責任者である法順を通さずに調べようとしたら、あとは法順よりさらに上の立場にある白焰に助力を乞うしかない。

「だとすると、白焰様も、最初から王蓉さんの正体を知っていて……？」

珠華の問いを、否定したのは子軌だ。

「たぶん違うよ。俺たちがひと通り調べ終わったのが、陛下が茶会に参加する少し前で、報告は間に合わなかったから」

「そう、なの」

では、本当に白焰は身体的特徴のみで、王蓉が明薔だと見抜いたのだ。とんでもない記憶力と観察力である。

あの美貌で、優れた剣の腕を持ち、さらに並外れた記憶力まで。

今頃になって、劉白焰という人物の非凡さを実感する。

「ともかく呂家に確認をとり、王蓉が呂明薔であると確定できたら、今回の騒動への関与についても調べられたのちに、呂明薔は罪に問われることになる」

「はい。——宝和様、子軌。力を貸していただき、ありがとうございました。助かりました」

「気にするな。どうせ、誰かがやらねばならなかったことだ」

「そうそ。たいした手間でもなかったしさ」

あはは、と笑う子軌を、何か言いたげな目で見る宝和。

永楽宮に勤める者すべての素性を調べるのが『たいした手間ではない』わけがない。どうせ、子軌が怠けていたか何かしたのだろう。

とはいえ、彼らの助けがなければ、明薔を取り逃がしていたに違いない。

ただひたすら、頭が下がる思いだ。

(……でも、事件はこれで終わりじゃない)

あの、明薔にかけられていた術。あれをかけたのはいったい誰なのか。ずっと、珠華の〝気〟の感知を妨害していたのは？

あれを永楽宮の外から遠隔で行っていたとは、到底思えない。

そもそも、明薔にかけられていた術にしろ、あの不安定な術を維持するには、こまめに術式に綻びがないか点検が必要になる。

だとしたら。

珠華は顎を引き、覚悟を決めて前方を見据えた。

五　まじない師と絆

茶会での騒動から、さらに数日が経った。

混乱に混乱が重なり、慌ただしく、落ち着いて茶を飲む時間すらとれないほど永楽宮の皆が駆けずり回る、そんな日々がやっと落ち着いてきたかという、矢先のこと。

初めから短期滞在の予定だった翠琳が、実家に帰ることになった。

最初に立てていた予定は白焔との対面がやや押したために延期になり、延期後の予定が明日だったのだ。

翠琳の侍女たちが中心となって帰り支度を進め、秀雪たち女官がそれを手伝う。

珠華も同じく永楽宮で翠琳に世話になった者として、秀雪たちとともに、帰り支度に加わった。

「あなたと二人で会うのも、これで最後になりますね」

すっかり馴染みになった、翠琳と、彼女の部屋での二人きりの時間。珠華は揺れる茶碗の中の茶を見つめ、うなずいた。

「なんだか、あっという間でした」

「ええ、本当に。わたくし、あなたと出会えてよかったです」

「私もです」

珠華は答えながら、これまでのことを思い出していた。

翠琳と出会ってから、この永楽宮での日々は怒濤のようで、瞬く間に過ぎ去っていった。そんな日々の中、たくさん、白焰の話をしたと思う。

春からの、約半年。珠華が白焰と一緒にいたときの話はほとんど語り尽くした。もう珠華から語れることは残っていない。

だから、最後にする話はもう決めている。

「こう言うと失礼かもしれませんが、私、翠琳様と白焰様が会わずにぎくしゃくしていたときも、心のどこかでは大丈夫だろうなと確信していました」

珠華が打ち明けると、翠琳は不思議そうに小首を傾げる。

「それは……どうしてです?」

理由は、とても単純だ。

「私、つい三週間くらい前に聞いたんです」

それはそれは綺麗な——琵琶の音を。

そう言うと、翠琳がゆっくりと目を見開く。

「琵琶？」

「はい。琵琶です。月の夜に、とても美しい音色でした。楽器がいいものだから、というのもあるでしょうが、何より、弾き手が上手だったからでしょう」

あれは琵琶をよく知らずとも、胸に沁み入るいい音だった。これまでにあのように美しい楽器の音は聞いたことがないくらいに。

翠琳は瞠目《どうもく》したまま、わずかに視線を下へ向ける。

「琵、琶……その、弾いていた、のは？」

翠琳の琵琶の音色も、とても綺麗だった。そしてすごく、二人の音色は似ていたのだ。

「——白焰様です」

珠華が告げた途端、嗚咽《おえつ》を呑みこむように翠琳は口元を手で覆う。

「白焰様はおっしゃいました。琵琶は、翠琳様の特技だったと。そんな翠琳様から才能と技術を受け継いで、息抜きに演奏できるので感謝していると」

あのときの白焰はどことなくうれしそうで、誇らしそうでもあった。

あんなふうに言葉と表情を出せるのだから、きっと大丈夫、なんとかなるだろうと珠華も信じられた。

首を突っ込まないほうがいいと思ったのも、最後には本人同士でどうにかなるだろうと考えていたからだ。

「白焔様は自分でもわかっていらっしゃらないようだったけれど、翠琳様のことを気にかけていて……たぶん、本心では嫌っていなかったし、好きになりたいと思っていたのではないでしょうか」

「そう、なのかしら」

「あくまで、私の勝手な推測ですけれど」

泣くまいと、必死に涙を堪える翠琳を見ていると、珠華までつられて目頭が熱くなってくる。

白焔のあれだけの琵琶の腕、独学だとは考えられない。もし教師がついていたのだとしたら、翠琳の奏でる音と似ることはないだろう。

何より、白焔は翠琳の音を知っている口ぶりだった。

（白焔様は翠琳様の演奏を聞いたことがあって、その影響を受けたのかも。もしかしたら、翠琳様から教わることもあったのかしら）

確かに二人の間に絆はあった。たとえ長い時間を一緒に過ごせず、離れ離れでも、ただの他人同士ではなく、繋がりはあったのだ。

珠華はしばらく、翠琳のすすり泣く声を聞いていた。


翌朝。

「皆さん、お世話になりました」

永楽宮の門前で、珠華はまさに馬車に乗り込む寸前、そう言って会釈をする翠琳を、他の女官たちと並んで立って見送っていた。

まだ朝も早い時間だというのに、永楽宮で働くほとんど全員が集まっている。

濃い灰色の雲が垂れ込める曇天から、ふわふわと降りてくるのは、どうやら雨ではなく、ほんの細かな雪だ。いよいよ冬が迫っていた。

皆、翠琳の挨拶に頭を下げて応える。

すると、翠琳が珠華に近づいてきて、微笑みかけた。

「珠華さん、ありがとうございました」

「こちらこそ……わずかでもお力添えできていたら、うれしいです」

翠琳は最初に此処へ来たときとはまったく異なる、どこか晴れやかで、ほっとする笑顔を見せた。

「わずかだなんて、とんでもないことです。あなたは十分すぎるほど力になってくれた。あなたのおかげで、わたくしも自分自身を見直す機会を得られました。わたくし、あなたのことがとても好きになったわ」

「翠琳様……」

「また、会いましょうね。あなたへのお礼がまだだから、次に会うときまでに考えておいてください」

「は、はいっ」

ひと通り挨拶を終え、翠琳が馬車に乗り込む。護衛の騎馬兵たちに囲まれ、馬車はゆっくりと発進した。

石畳の上を車輪が回る大きな音を聞きながら、しんみりとした気持ちで走り去る馬車を見送る。おそらく、翠琳はこの場にはいなかった白焰とも、途中で会って別れを惜しむのだろう。

二人がほんの少しであっても、溝を埋めることができたのはただ純粋に、喜ばしい。

翠琳を乗せた馬車が見えなくなると、おぼろげな寂寥《せきりょう》感が漂う。

事件はいくつもあったし、王蓉もいなくなってしまった。それでも、この永楽宮で過ごした時間は悪くなかった、と皆、思っているのだろう。

「皇太后陛下、行ってしまわれたね」

ぽつ、と秀雪がこぼす。その寂しそうな響きに、珠華も共感する。

「そうね」

「皇太后陛下がお帰りになったら、あたしたちももうすぐ、解散だよね。なんだか、宴のあとみたいに寂しいな」

「……ええ。でもきっと、また会う機会がきっとあるわ」

珠華は自分と秀雪を励ますために言う。

けれど、決して出まかせを言っているつもりはない。こうして繋がった縁だ。生きていれば、どこかでまた巡り会うこともあるはず。

「そうだよね。うん、きっとそう。いいこと言うね、珠華さん」

「秀雪さんだって、商人は縁を大事にするものでしょ。私なんかが言わなくても、ちゃんと心の奥ではわかっているんじゃないかしら」

「だとしても、あらためて言葉にして口にするのは大事だよ。言葉に宿る力って、あるからね。これは、まじない師の珠華さんならよくわかっていると思うけど」

互いに言って、くすり、と笑い合う。

秀雪と、こうして気持ちのいい関係を築くことができた。翠琳とも。それだけでも十分、実のあるいい任務だったと胸を張って言える。

「秀雪さんは、故郷の西領に帰るのよね」

「そうだね。結局、あたしは皇帝陛下の妻にはなれなかったし、帰ったらまたしばらく、商売の手伝いをしようかなと思ってるよ。やっぱりあたしは、貴族のお姫様をしているより、街で働いているほうが好きだなって、再確認したわ」

「いいわね、素敵だと思う」

「珠華さんは、宮廷巫女を続けていくんだよね？」

「ええ」

「うん。珠華さんは真面目だから、きっとどこでも、どんな仕事でも上手くやっていけるよ」

「そうかしら」

「そうだよ」

ひとしきり話して、珠華は秀雪と別れる。

一時の主人がいなくなった永楽宮を片付ければ、順次、皆、永楽宮をあとにすることになる。

珠華は自室へと戻り、ふとすると止まりそうになる手を動かして、荷物を片付け始めた。

＊　＊　＊

もうすぐ夕方になろうかという時刻だった。

逢魔が時。妖怪の力が強くなる時間帯であり、まじない師、術者が妖怪退治に出かける頃でもある。

珠華は祠部の、長官の執務室前にいた。

茶会での騒動は最初から最後まで全部、法順の耳に入っているはずである。

彼自身は茶会のときには永楽宮にはいなかった。

一応、術的な守りについて事前に珠華に指示は出してくれたが、永楽宮での仕事に関して、全体を通してほとんど放任のようなものだった。

（補佐だって言っていたのに）

蓋を開けてみたら、珠華が一人で苦労している。確かに、法順は責任者であるし、あまり前へ出る立場になく、永楽宮全体の守りは、彼の手が入っている。ゆえに、法順がすべき仕事を珠華に何もかも押しつけている、ということもないのだが。

なんとなく、腑に落ちない。

しかし、そんなことは今の珠華にとっては些細な問題だった。

確かめたいことがある。そのために、珠華はこうして執務室を訪ねてきたのだ。

「李珠華です。失礼します」

「どうぞ」

珠華は法順の応答を聞き、扉を開けて入室する。

気を引き締める。これから珠華が相対するのは、仙師の称号を持つ、唯一の術者。

あらゆるまじない、術にかかわる者の頂点だ。

法順はまるで待ちかまえていたかのように、机で真っ直ぐにこちらを見て、微笑を浮かべている。

「ご苦労様。今日は災難でしたね」

なんの含みもなく、さらりと、労いの言葉を口にする法順。珠華は知らず知らずのうちに、両手を強く握りしめていた。

「いいえ。私は、さして目立った働きもしていませんし」

「そう思うのは君の自由ですが。此度の永楽宮での働きで、君の評価は間違いなく上がりました。正式に宮廷巫女になれば、君はすぐさま祠部の筆頭――宝和と並ぶ術者として認識されることになる」

「……少し、話を聞いていただいてもよろしいでしょうか」

珠華は意を決し、本題を切りだした。驚いた様子もなく、法順は微笑みを保ったままうなずいた。

ごく、と唾を呑みこむ。

頭の中で自分の考えを整理しつつ、珠華は初めから語りだす。

「長官は、私を永楽宮での任務に就けたことを、『経験を積ませたいから』だとおっしゃいましたね」

「はい、言いました」

「私の実力を、試していらっしゃったのですか?」

「と、いうと?」

「最初の、鴆毒が混入した事件。そもそも、鴆毒は貴重です。鴆はそこらへんにいる妖怪ではありませんし、羽に毒を持っていますから、取り扱いが難しい。普通には流通している妖怪でも、毒でもありません。……妖怪を退治する、まじない師や術者の立場に近い人でなければ、入手は難しいでしょう。いくら有力貴族の娘である呂明薔でも」

「ほう」

「次に、賊が襲撃してきた件。いえ、これにかぎった話ではありませんが、永楽宮ではずっと、〝気〟の感知を妨害されていた。まったくわからないというわけではない、でも、ぼんやりとして読みにくい状態が続いていました。永楽宮は広いです。あんな広範囲に、しかも何日もずっとだなんて、普通の術者にはできません」

「まあ、そうでしょうね。君や宝和なら、できるでしょうけれど」

「……宝和様はともかく、私は、難しいです。そして、最後の件。呂明薔は王蓉として永楽宮に潜入していました。けれど、そんなこと、彼女一人では不可能でしょう。手引きをした誰かがいるはずで、彼女の身分詐称を長官が気づかずにいた、とはどうしても考えにくい。長官は、ご存じだったのではありませんか？　王蓉が呂明薔だと」

「さあ、どうでしょう」

法順はあくまで、明言を避けるつもりのようだ。その笑みからは彼の思考を察することはできず、表情はいっさい崩れない。

「いえ。知っていたはずですよ。だって、明薔の顔を変えていたあの術。あれを施したのが、他ならぬ長官だったのですから」

あの術の手応え。あれは、法順と同じ仙師の称号を有していた燕雲の術の強度に並ぶ。つまり、並の術者には真似できないものだったのだ。

だとすると、答えは一つ。

呂明薔を永楽宮に手引きした何者か、それこそが羽法順。

そう考えるとすべての辻褄が合ってしまう。鴆毒の入手も法順ならば、まったく障害なく可能であるし、永楽宮での〝気〟の感知の妨害も朝飯前だろう。明薔を王蓉として潜入させるため、彼女の〝気〟を偽装することさえも。

そして、刃もまた、法順の息がかかった者だったはずだ。でなければ、事前に珠華に警告することはできないし、あの土壇場で明薔を逃がすような行動をとるはずもない。

彼は法順の指示に従い、明薔を助け、珠華を殺す手伝いをしていた。そうでなければ、あのような異様な〝気〟を放つ者が、永楽宮で翠琳に仕える者として採用されるわけがないのだ。

法順が黒幕と仮定するだけで、あらゆる出来事に説明がつく。むしろ、他の誰にもできない所業である。

「なるほど……ですが、本当に？　私の他に、仙師に匹敵する市井《しせい》のまじない師か誰かが永楽宮のどこかに潜み、すべての術を施していた、ということも考えられるのでは？」

「そうですね。でも、そんな術者がいたら、私はともかく、長官は気づかれるでしょう。そして、長官がその術者をあえて見逃していたのなら、結局、長官がすべてを知っていて黙っていたという結果は変わりません」

「…………」

「どちらにしても……あなたが直接的にしろ、間接的にしろ、事件が起こることを知っていて黙認したのは揺るがない事実です。あなたは私と違って、術者の頂点なのですから」

胸がざわつく。自分で言っていて、口の中に苦いものが溜まっていくのが不快だった。

法順を、信じたかった。素直に尊敬できる、憧れの先達だと。

だというのに、彼の行動はとても常識的とは言えず、珠華にとって許せないものだった。

「よくそこまで考えましたね。素晴らしい。やはり、君は優秀なまじない師、術者だ」

珠華はうっかり吐き出しそうになった罵倒を呑みこんだ。

（ふざけないでよ。死人が出るところだったのに。しかも、呂明薔の人生はこれで滅茶苦茶、長官が手を貸したりしなければ、彼女は恨みや憎しみを抱いてはいても、まっとうに生きられたはず）

悔し涙で視界が滲む。

犯行の手段を授けただけでは、罪にはならない。悪事に手を染めたのは、あくまで明薔自身であり、法順が直接手を貸したにせよ、他に術者がいて法順がそれを黙認したにせよ、お膳立てをした者の罪は問えないのだ。

だが、手を貸す者さえいなければ、もしくは企みを事前に見抜き、止める者がいたのならば、明薔があんなふうに凶行に及ぶことはなかった。

悔しくて、堪らない。

もし珠華が法順の立場で、彼ほどの能力を持っていたら、決してこんな騒動は起こさなかった。

「どうして、こんなひどいことができるのですか。長官は、人がどうなろうと、どうでもいいとでもおっしゃるのですか」

「さて……君はどうやら、冷静さを欠いているようだ。疲れているのでしょう、少し休んだほうがいいですよ」

「話を逸らさないでください」

「逸らすも何も、君が何を真実として信じるかは自由です。そして私はそれに口を出さない。君は理解しているはずですよ。事実がどうあれ、結末は一つ。もう覆らない。この場での議論は無駄だと」

「それは」

「話し合いの余地は元よりありません。君は話を聞けと言った。私はそれを聞いた。よって終いです」

窓から差す傾きかけの日の光が、法順の顔を照らして翳《かげ》を作る。彼は微笑みを浮かべているのに、その翳の中に何かが蠢《うごめ》くように思え、珠華は身震いした。

取りつく島がないのは明白で、珠華には彼に自白をさせることのできる未来が見えない。このまま、のらりくらりと躱されるだけだ。

言いたいことはたくさんあるのに、半分も言えなかった気がする。

「君の働きは見事でした。正直、期待以上で驚きましたよ。君は一介のまじない師としても、宮廷巫女としても、驚くべき速さでめきめきと腕を上げているようですね」

「…………」

「私は、ますます君が欲しくなった」

法順のまなざしが、目の前の蛙に狙いを定めた蛇のごとく、鋭くなる。

「どうです？　李珠華君」

「なん、でしょうか」

「君、羽家に嫁に来ませんか」

羽家の、嫁。微塵も想像していなかった法順の誘いが、珠華の思考力を奪う。

言うまでもなく、羽家は北領を治める王の一族。皇家である劉一族に次ぐ地位の家柄だ。そんな家の嫁になれと言われても、まるで頭が追いつかない。

「お、おっしゃる意味が……」

「宝和とならば歳も近いですし、いい夫婦になれるのではないでしょうか。それが嫌ならば、私でもいいですよ。寂しい中年の独り身ですが」

「どうして、急にそんなお話になるのですか」

珠華は法順を糾弾していたはずだった。それがどういうわけか、縁談にすり替わってしまっている。

「君が優秀な術者だからですよ、もちろん。知っているでしょうが、北領は他の領に比べてまじないや術が盛んです。優れた術者はそれだけで重宝される。君ならば、たとえ出自がどうだろうと、歓迎されるでしょう」

絶句する。唖然として、立ち尽くすしかない。急に、法順がまったく知らない、珠華の理解の範囲外の、人とは違うものに見えた。

(私は、術者として優秀だから気にかける。でも、それ以外の人には興味がないってことなの?)

気づけば珠華は半歩、後退っていた。

ただ、気味が悪い。背筋に悪寒が走り、冷や汗が流れていく。

「お、お断りします」

こんな提案は、とてもではないけれど検討の余地すらない。受け入れたとて、ろくな結果にならないことは容易に想像できるし、そもそも、珠華は結婚などするつもりはない。

相手が宝和であろうと、法順であろうと。

「おや、そうですか?」

おもむろに法順が椅子から立ち上がり、こちらへ近づいてくる。珠華はもう半歩、後退った。

「羽家への嫁入り、なんて、私の身には……余ります」

舌がもつれた。上手く、声が出てこない。しかし、その間にも法順はどんどん距離を縮めてきて、珠華はついに壁際に追い詰められた。

間近に法順の美しい顔が迫る。その抜群の美貌に、普段ならば目を奪われてしまうだろうが、今はひたすら恐怖だけが湧きあがっていた。

「私は、いつでも歓迎ですよ。よければ、君ほどの術者にふさわしい優れた術者の相手を紹介します」

「いや……」

「そう嫌がらずに。君にとっても悪くない話では？　我々は君を大切にしますよ」

「結構です！」

珠華は叫んで、顔を背ける。本当は押し退けたかったけれど、さすがに上司であり、はるか高みにいる人間に手は出せなかった。

(早く、どこかへ行って……！)

瞼を固く閉じ、祈るしかない。心はすでに怯えでいっぱいだ。

「え？」

「羽法順。その娘から、離れてもらおうか」

「おや」

聞こえるはずのない声に目を上げると、戸口に眉を吊り上げ、怒りを隠そうともしない白焔が立っていた。

この数日、彼の知らない顔ばかり見ている。白焔が人を思いきり睨みつけているのを、初めて目にした。ずっと、そんなふうに憤ることのない人だと思っていた。

「白焔様……」

白焔はずかずかと法順と珠華の下へ歩み寄り、法順の肩を摑んで珠華から引きはがす。

そして、次に何をするかと思えば。

「ちょ……っ」

白焔は無言のまま、珠華の身体を軽々と抱き上げてしまった。しかも、やっと口を開いた彼は、

「大人しくしていろ」

と、珠華のささやかな抗議を一蹴し、未だ微笑んだままの法順に向き直る。

「珠華は俺がもらっていく。そなたや他の誰かには譲れない、俺の宝だからな」

「宝……そうですか。あなたは、それを選ぶと」

「選ぶも何もない」

白焔は、自信たっぷりに笑う。

「俺のものは俺のものと、そう決まっている。ほしいものは選ばず、すべて摑み取るのが劉白焔だ」

その言葉を聞いた法順の目が愉快そうに細められ、妖しく光った。

ぞく、と寒気がする。けれど、背中に回された白焔の腕が、珠華に確かな安心をくれる。

「ではな、法順。求婚は、相手の顔を見てすることだ」

「あなたがそれを言いますか!?」

思わず飛び出たつっこみは華麗に無視され、珠華はそのまま抱きかかえられて執務室を出た。

＊　＊　＊

白焔と珠華が去り、執務室に残された法順はにわかに、ふ、と噴き出した。

可笑しい、可笑しい。愉快で、愉快で、腹の底から笑いがうずうずと突き上げてくる。その昂ぶりのままに、法順は腹を抱えて大笑いした。

「あっはっは！　あーっはっはっは！」

笑いすぎて目に涙が滲み、頬の筋肉と腹筋が引きつりそうだ。

どうしてどうして、予想と違わず、彼らは法順の与えた安寧の道とは別の道を、本能のままに選んでしまうのか。

そうでなくては面白くないのだが、あまりにもではないか。

「いいでしょう、そちらの道を選ぶというのなら。——刃」

笑って、笑って、笑い疲れて喉が嗄《か》れ始めた頃、自分以外には誰もいない空間に向かって、法順はその名を呼ぶ。

音もなく扉が開き、するりと細身の青年が入室した。

青年は暗く沈んだ瞳をしていたが、どことなく不愉快そうにも見える。彼にまだそのような感情が残っていたとは意外だ。

否、彼らとの接触で刃の心を縛る重い鎖が緩んだのだろうか。

「今回はご苦労様でした。君も、何かと気疲れしたでしょう」

「…………」

「聞いての通り、彼らはやはり彼らの魂に刻まれた宿命の道を歩むようです。君にもまた、働いてもらわねばなりません」

「…………」

「君にとっても、残念な結果になりましたね。まあ、許してください。これでも、私も尽力したのですよ。彼女を術者としても宮廷巫女としても成長させ、祠部に引き留めて、仕事に生きるよう仕向ける――最も平和的で、誰もが幸せに生きられる道だったのですが……」

残念ながら、あの調子では珠華は白焔と生きる道を選ぶだろう。法順も鬼ではない。きちんと救いの道を用意し、そちらへ誘導していたのに。

彼らは違う人生を望むようだ。

であれば、法順も方針を変えるほかない。彼らが結ばれ、幸福になる道は存在しないのだから。

含み笑いをしながら語った法順を、刃が底なし沼の瞳で見遣る。

「……よく、しゃべるな」

「なんです？　何か、意見でもありますか？」

「今さら、僕を気遣うような言葉を口にするな。僕を、縛っておいて」

ぶつぶつと、呪詛でも吐くかのような低い声で刃が言う。

「なるほど、では余計な話はこれまでにして、必要なことをしましょうか」

刃の言うこともっともだ。法順はうなずいた。こんな話をしても意味はない。法順の次の行動はすでに決まっている。

であれば、すべきことをさっさと果たしてしまおう。

刃を斜め後ろに付き従わせ、ゆっくりと法順は執務室を出た。向かうは慈宸殿である。

すれ違う官たちは法順を見かけると、恭しく礼をとる。その一回一回に笑みを返しながら、悠々と歩を進めた。背後からは常に殺気を感じているが、いちいち気にしてはいられない。

(狂犬を飼い馴らすのも、気分のいいものだ)

鎖で縛られた刃と法順の利害は、半分は一致しているが、もう半分は食い違うこともある。ただし、彼が法順に逆らうことは極めて難しい。

なぜなら、法順が、彼の一等大切にしている『絆』を質にとっているからだ。

「そろそろでしょうか」

何年も、幾度も幾度も歩き、慣れた慈宸殿の廊下。橙の夕日の色に染まった床を踏みしめて進んでいくと、目当てのものを見つけた。幸い、他に通行人はいない。

法順は迷うことなく、勢いよく駆け出した。

そうして宙に手を伸ばし、それを――幽鬼の胸倉を、摑む。

「こんばんは」

穏やかな声色で挨拶をする。法順が摑んだ幽鬼、天淵は心底嫌そうに眉をひそめた。

法順にしっかりと衿首を捕まえられて逃げることもできないというのに、彼はいたって平静で、暴れもしない。さすがの胆力だった。

心が浮き立つ。そうだ、この男はこうでなくては。

〈何用だ。祠部長官、羽法順〉

「おや、私のことをご存じでしたか」

一人で胸を躍らせながら、法順は弾む声のまま答える。

(ああ、なんと悦ばしいときなのか。私はあなたを、二度――)

天淵は冷えた目で法順を見ている。

〈無論、知っている。お前は幽鬼を滅する者。つまりは余にとっての脅威だ。当然、警戒していた〉

「なるほど。では、こうして私に捕まった以上、ご自身がどうなるかも予想できているわけですね」

〈……そうなるな〉

そこでやっと、天淵が苦々しく顔をしかめる。この表情。見れば少しは溜飲が下がるかと思ったが、そうでもない。

残念だ。

もっともっと、楽しくなる気がしていた。愉悦で心が満たされると。

期待していただけに、落胆が法順の胸中に広がる。ぐつぐつと、沸騰して吹きこぼれる熱湯のように湧き上がっていた興奮が、嘘のように一気に醒めていく。

(所詮は幽鬼か)

興味を失った法順は、天淵の身体——魂そのものを摑んだまま、かたわらに控えていた刃の眼前に投げ出した。

〈く……っ〉

「刃。斬りなさい」

無言だった。無言で、刃は腰の剣を抜き放ち、一閃。

〈……ここまでか〉

刃の刃《やいば》に横一文字に切り裂かれ、つぶやきとともに天淵の魂は両断された。幽鬼に痛みはないため、彼は苦しむこともなく、ただ無念そうに眉を寄せている。

「劉天淵。最後に、お訊きします」

〈なんだ〉

元より半透明だった天淵の身体は、雲が散るように千切れて空に溶け、ますます薄くなっていく。

そんな彼に、法順はほんの自己満足のための問いを投げかける。

――私が誰だか、覚えていますか。

さて、天淵はどのように返してくるだろう。わずかに回復した興味とともに返答を待つ法順を、天淵は鼻で笑った。

〈お前なぞ知らぬわ〉

その言葉を最後に、完全に天淵の魂は霧散し、そこには彼の〝気〟の残滓がわずかに漂うばかりになった。その残滓も、少しすればすっかり消えてしまうだろう。

おそらく、白焔や珠華が気づいたときには手遅れだ。

「ふ、ふふ、ふふふふ」

法順は笑う。そして、懐から出した小さな環状の小物を掌中で弄ぶ。その様子を見た刃が、ぴくり、と片眉をやや動かした。

手の中の――くすんだ黄金色の指環を摘まんで顔の前に掲げ、法順は環の向こうをのぞき込むように目を眇《すが》める。

当然、環は慈宸殿の廊下を円く切り取った風景を法順に見せるだけだ。

何もない。そこに先ほどまで確かに存在した幽鬼は、もういない。

「さあ、用は済みました。帰りましょうか」

「…………」

刃からの返答はない。しかし、法順は気にせず祠部の官衙の方向へ身を翻し、歩き出した。

＊　＊　＊

子軌は隣で硬直し、瞠目している宝和を横目に見る。

彼らがそこを通りがかったのは、ほんの偶然だった。と、いつもならば思うところだが。

（これは姫の思し召しかもね）

子軌は憂鬱な気分で思う。

二人は慈宸殿を移動中にふと、羽法順の声を聞いた。その様子がどうも奇妙で、咄嗟に物陰に隠れたが、すると、法順がとんでもない行為に及ぶ場面を目撃してしまったのだ。

さすがの子軌も、声を出さないよう抑えるのに苦労した。

「まさか……」

宝和の呆然とした呟きが聞こえる。

天淵の存在を、彼は知らなかったはずだ。しかし、法順が何も悪事を働いていない無抵抗の幽鬼を滅するあの光景は、法順を慕う宝和に強い衝撃を与えたようだった。

「……張子軌」

しばらく言葉を失っていた宝和は、法順の姿が見えなくなってようやく、口を開いた。

「今のはいったい、なんだ？」

「長官が、あの刃とかいうやつに幽鬼を斬らせてたね」

「あの幽鬼は、悪鬼か？」

「んなことはないと思うけど」

「だったら、だったらあの方は……」

ふう、と息を吐き、子軌は壁にもたれた。

嫌な場面に遭遇してしまった。あの様子では、もう天淵は助からないかもしれない。

記憶も取り戻せないまま。あれほど本当の己を取り戻したがっていたのに、消えてしまっては叶わない。

珠華になんと説明すればいいのだろう。彼女が先ほど起きたことを知ったら、どう思うか。きっと悲しみ、憤る。

しかし、それでよかったのだと安堵している自分もいる。

（だって、あんなふうになった天淵なんて、もう見たくないし。きっと天淵自身も記憶を取り戻したら苦しむだろうしね）

千年前、子軌たちがこの金慶宮を、劉天淵のそばを去る間際の彼のことを思い出せば、子軌も冷静ではいられない。

子軌は宝和のほうをちらりと見た。

「あんた、自分で言っていたじゃんか。長官は怪しいって」

「……それは、そうだが」

宝和は絶望したかのような空虚な顔で、覇気のない答えを返す。

二人は永楽宮の件で、勤める者の素性をすべて調べ上げた。ゆえに、呂明薔を永楽宮に潜り込ませるために法順が手を貸したのではないか、という結論に当然、至っている。

だが、宝和は信じたくなかったのだろう。それが憧れの人物であるならば、なおさら。けれど、先ほどの光景は法順が暗躍し、残酷な面を持つ証明になってしまう。

「どうする？　放っておくの？」

子軌が訊ねると、宝和は緩慢に首を振った。

「……少し、考えさせてくれ」

ふらふらと、頼りない足取りで去っていく宝和を、子軌はそっとしておくことにした。今の彼には一人で考える時間が必要だ。

また、子軌自身も一人で考えたいことがある。

（もしかして、だよな）

これはいよいよ、千年前のことを無視できなくなっている。金の指環とその持ち主まで登場したとあっては。

千年前の悲劇にけりをつけるために、星姫娘々が子軌たちに与えた機会なのかもしれなかった。呪いを、後悔を、怨恨を、そして愛を。すべてを清算するために。

結　恋愛と駆け引きと

白焔はどんどん廊下を進む。

ときどきすれ違う宮廷神官や巫女たち、下官の視線が痛い。

(噂になったら、どうするのよ)

両手で顔を覆う。恥ずかしさと、後々への憂いとで、まともに目を開いていられなかった。どう言い訳をしたらいいのか、もうわからない。

珠華は今すぐ逃げ出したい衝動に駆られながら、大人しく白焔に運ばれていくしかなかった。

そのまま、どこまで連れていかれるのかと思えば、官衙内の空いた小部屋だ。以前、逸石《いっせき》がいたときに打ち合わせで使った部屋だった。

相変わらずの手狭な部屋だったが、常識的な体格の人間二人で入る分には狭さは感じない。

部屋に入るなり、白焔は珠華を下ろすと扉を閉め、そのまま強く珠華を抱きしめた。

「白焔様？」

「ずっと、こうしたかった」

珠華の存在を確かめるように、白焔の腕が珠華の背を搔き抱く。白焔は背を流れる珠華の白髪に指を通し、首筋に顔を埋めた。

抱きしめられたことは、何度もある。けれど、どうやら、今回は様子が違う。

「どうしたんですか」

「そなた……そなたは、目を離すとどうして」

泣きそうな声だと思った。いつもの彼からは想像もつかない、弱々しい声。たぶん、珠華にだけ聞かせる声だ。

泣きそうでもあるけれど、甘えてもいるのだろうと、珠華は察する。

「そなたは俺の求婚を断ってばかりだし」

「ええ」

「そのくせ、俺が見ていないところで他の者に求婚されているし」

「はあ、聞いていらっしゃったんですか」

「挙句の果てには殺されそうにもなっていた」

「……そうですね」

「油断も隙もないっ」

子どもみたいな、仕方のない人だ。あの茶会の日以来、会えていなかったから、言いたいことが溜まっていたのかもしれない。

けれど、会いたかったのはたぶん、珠華も。

「白焔様」

珠華は白焔を宥めるように、抱きしめ返した手で彼の背をぽんぽんと、優しく叩く。

「助けてくれて、ありがとうございました」

珠華の感謝の言葉に、白焔は何も返さなかった。しばらくして、ぽつり、と問うてくる。

「そなた、本当に俺のことが好きか？」

「はい？」

「そなたを見ていると、不安になる。俺はそなたが俺を好いてくれていると思って求婚した。だが……そうでないかもしれないと、心配になった」

不安だなんて、白焔が口にするとは。これはよほど、疑念を抱かせてしまったに違いない。珠華は苦笑しつつ、反省した。

この気持ちを、どう伝えたらいいだろう。

白焔は、珠華にとって特別だ。好きなところはいろいろある。求婚を断ってもどんどん白焔が好きになった。

腹を括ろう。彼を悲しませ、不安にさせるのは珠華の本意ではない。

翠琳に白焔のことを話していると、出会ってから現在までのことを思い出して、白焔への想いを再確認するばかりだった。

今なら、いくらでも言える。

「白焔様の、実は真面目なところが好きです。自信満々なところも、それが虚勢みたいに見えるところも、好きです。私がどんな外見でも、何を言っても、何をしても受け止めてくれるところが好き」

「しゅ、珠華？　急にどうしたんだ？」

「意地悪したり、人の悪口を言ったり、むやみに人を否定したりしない、前向きで優しいところももちろん好きですし、綺麗な翠の瞳も好き」

「うぐ……」

「自分の顔が大好きなところも可愛らしくて好きですし、この間、記憶力で王蓉さんの正体を見破ったところも、あの刃さんと剣で渡り合っていたところも格好よくて好きでした」

「珠華、珠華」

「あ、私が驚かせたらすごくびっくりしていたのも可愛くて好きだったし、すぐに自分で行動したがるところも、私をまじない師として認めて、頼ってくれるところも好きです」

「もう、もういい。わかった、わかったから」

「この髪と瞳を綺麗だと言ってくださったところも、私が落ち込むたびに励ましてくれるところも、私を、いつでも引っ張り上げてくれるところも好きです」

「もういい……もう、わかった。わかったから、勘弁してくれ」

「え？　もういいんですか？」

珠華はあれこれと今までのことを思い出し、頭の中で白焔の好きなところを指折り挙げていくのを中断した。

口調ではなんでもなさそうに惚《とぼ》けつつ、顔は蒸したての饅頭のように熱くなっているのを感じる。

いざ口にしてみたら、恥ずかしくて堪らない。あんなに何度も求婚をしていた白焔が信じられない。結婚してくれ、だなんてとても何度も言える台詞《せりふ》とは思えなかった。

とはいえ、まだまだいけた。あれこれと、際限なく浮かんでくるからだ。

しかし、白焔がいつになく必死な形相で止めてくるので仕方ない。

「どうしたんだ、急に」

「どうしたも何も、白焔様が不安だっておっしゃったのではないですか。それに、好きだって前に言ってしまいましたし、言ったことをすごく後悔しましたけど、まあ言ってしまったものはどうしようもないので、だったら一回言うのも十回言うのももう同じかなって」

「いや、そういう意味ではなく」

「じゃあ、どういう意味なんです？」

「どうしてそこまで言ってくれるのに、求婚を受けてくれないんだ」

途方に暮れる白焔に、珠華は眉尻を下げて笑う。そんなふうに訊かれても困る。理由など、明白だ。

そこまで考えて、気づく。

劉天淵と星姫の恋物語。あの物語がいつも悲劇なのも、同じ理由なのかもしれない。

生まれながらに小国の皇子で、皇帝として立った天淵と。貧しい村に生まれ、持ち前のまじない師としての才能だけで天淵を支え続けた星姫と。

彼らは今の白焔と珠華と、ほとんど同じ状況だ。

（それなら、私は正しい選択をしているわね）

天淵と星姫が結ばれなかったことで陵は安定し、栄えた。ならばやはり、歴史に倣ってこのままが正解なのだ。

「──私が、白焔様を好きだからですよ」

好きだからこそ、受け入れられない。そういうこともある。

愕然として立ち尽くす白焔を見て、珠華は彼の顔に手を伸ばす。頬に触れて、ゆっくりと背伸びをし、顔を近づけた。

これが、最初で最後。

珠華はそっと、一瞬、かすめるように自分の唇で、白焔のそれに触れる。あいにくと、珠華は白焔のように器用ではないし、自信があるわけでもない。だから、これが精一杯だ。

ずるい自分を許してほしい。

そう思いながら、珠華はただ、彼の澄んだ瞳を真っ直ぐに見つめていた。